창비청소년문고 29

해를 구하라!
수학으로 푸는 아이돌 실종 사건

초판 1쇄 발행 • 2018년 6월 1일
초판 3쇄 발행 • 2021년 9월 16일

지은이 • 안소정
펴낸이 • 강일우
책임편집 • 김보은
조판 • 황숙화
펴낸곳 • (주)창비
등록 • 1986년 8월 5일 제85호
주소 • 10881 경기도 파주시 회동길 184
전화 • 031-955-3333
팩시밀리 • 영업 031-955-3399 편집 031-955-3400
홈페이지 • www.changbi.com
전자우편 • ya@changbi.com

책을 구하라!

안소정
지음

수학으로
푸는

아·이·돌
실종사건

창비

차례

1부

아이돌
실종
사건

해가 사라지다

온 섬이 푸른빛으로 물드는 싱그러운 계절이다. 산성 안에 콕 틀어박힌 교정에도 짙은 녹음이 우거졌다. 초여름 햇볕에 교실 안은 후텁지근했다. 창밖에서 기웃거리던 바람마저 휭 달아나 버린다. 산성지기 고인돌도 따분해하며 땅속으로 숨어 들어갈 것만 같은, 나른한 수요일 오후다.

수업이 끝나자 교실은 생기가 돌았다. 아침에 거둬 갔던 휴대 전화를 돌려받고서 모두들 담임 선생님의 종례를 기다렸다. 유나는 주섬주섬 가방을 쌌다. 학원에 가기 전까지 시간이 남는데 뭐 하지. 모처럼 시원한 곳에 가서 음악이나 들을까. 기말고사가 코앞이라 한가로이 음악을 듣고 있을 때가 아니다. 한숨을 쉬며 괜스레 손 부채질을 했다.

"도데카 강해가 사라졌대!"

갑자기 한 아이가 벌떡 일어나 소리쳤다. 교실 안이 술렁거렸다. 유나는 손을 멈칫하며 돌아보았다.

"정말이야. 방금 뉴스에 나왔어."

"강해 오빠가 실종됐대. 어디 있는지 아무도 모른대!"

이번에는 다른 아이가 말했다. 여기저기서 휴대 전화를 보며 한 마디씩 했다. 교실에서 휴대 전화를 쓰는 것은 금지였지만 몇몇은 아랑곳하지 않고 꺼내 봤다. 아이돌 스타 강해가 실종됐다는 소식에 교실은 금세 소란스러워졌다.

"실종이라니, 말도 안 돼!"

유나는 발끈했다. 어제도 강해가 SNS에 글을 쓰고 사진도 올리지 않았던가. 밤늦게까지 팬들과 대화했던 강해가 실종되다니 믿을 수가 없었다. 휴대 전화를 꺼내 재빨리 뉴스 창을 열었다. 강해에 관한 기사가 있어 부리나케 읽었다. 얼마 전 몇몇 행사에도 불참하여 논란이 있었던 강해가 오늘 잡혀 있던 중요한 인터뷰에도 나타나지 않았다는 것이다. 소속사에서는 확인 중이라고 했다. 그러면서 잠적 혹은 실종 가능성을 내비쳤다. 옆자리에 앉은 새미가 심각한 얼굴로 말했다.

"폴리헤드런 멤버들도 모른다네. 도데카 오빠한테 무슨 일이 생겼나 봐. 정말 실종됐으면 어떡해."

강해는 인기 있는 아이돌 그룹 폴리헤드런의 리더로 '도데카'라는 예명을 썼다. 새미가 울상을 짓자 유나는 고개를 저었다.

"아냐, 단지 어디 있는지 모른다는 거잖아. 그렇다고 실종이라는 제목까지 달다니, 웬 호들갑?"

유나는 시큰둥하게 말했다. 이번에도 엉터리 소문일 것이 뻔해 보였다. 지난번 강해가 행사에 오지 않았을 때도 실종 소문이 났고 심지어 납치설까지 돌았다. 결국 이튿날 강해가 나타나서 단순한 해프닝으로 끝났다. 별일도 아닌 스타의 일상이 인터넷에서 큰 화제가 될 때가 종종 있고, 더러는 주목받는 기삿거리가 되기도 했다. 유나는 뉴스를 대수롭잖게 받아들였다.

"전에도 그런 소문이 돌았지만 아무 일 없었잖아."

"그때랑은 좀 다른 것 같아. 전에는 소문만 나다가 말았지만 이번에는 뉴스에……."

"이번에도 엉터리 소문일 거야."

새미의 걱정을 유나는 딱 잘랐다. 그때 교실 뒷문으로 한 아이가 들어와 소리쳤다.

"진짜래, 진짜! 도데카가 정말 실종됐어."

아까 교실을 나갔던 폴리헤드런 팬인 은아였다. 열성 팬클럽 회원인 옆 반 친구를 만나고 온 것이다. 은아의 친구는 폴리헤드런 콘서트와 공개 방송은 다 찾아다니고, 웬만한 아이돌 굿즈는 다 가지고 있다. 폴리헤드런 신상품이 나올 때면 은아는 그 친구와 함께 굿즈를 사러 서울에 종종 다녀오곤 했다.

아이들이 웅성거리며 떠드는 가운데 누군가 큰 소리로 말했다.

"어젯밤에 강해 오빠가 셀카도 올렸던데, 어떻게 갑자기 사라졌다는 거야. 지난번처럼 헛소문 아냐?"

"그래, 믿을 수 없어!"

유나는 맞장구쳤다. 강해는 SNS에서 자신의 근황을 자주 알렸고 팬 카페에서 팬들과 활발히 소통했다. 어제도 새로 찍은 사진을 SNS에 올렸는데 강화도에서 찍은 것들도 있었다. 은아가 두 손을 크게 내저었다.

"아니, 이번엔 진짜야. 실화라고. 갑곶돈대에서 사라졌대."

유나도 반박했다.

"지난번 갑곶돈대 촬영에 강해 오빠가 안 왔으니까 그런 소문이 났겠지. 그때 강해 오빠가 미안하다고 사과도 했잖아."

육지에서 강화도로 들어올 때 만나는 첫 마을이 갑곶리다. 이곳에 강화의 관문인 갑곶돈대가 있다. '갑곶'은 강화의 옛 이름인데 삼국시대에 강화를 '갑비고차'라고 불렀던 데서 유래했다고 한다. 돈대는 작은 보루를 쌓은 뒤 대포를 배치해 지키는 곳으로, 강화에는 50개도 넘는 돈대가 섬 외곽을 따라 세워져 있다. 그중에서 갑곶돈대는 역사적으로 매우 중요한 곳이다. 고려 때는 몽골군의 침입을 막아 냈고 1866년 병인양요 때는 프랑스 함대에 점령당한 적도 있다. 얼마 전 강해가 이곳에서 화보 촬영을 하려 했으나 촬영이 갑작스레 취소되었다.

 그 뒤 강해는 고인돌체육관에서 있었던 폴리헤드런 팬미팅에도
오지 않았다. 그때 유나는 몹시 실망했다. 강해가 강화도에서 촬영
을 하고 팬미팅도 한다는 말이 나오자마자 강화 학생들 모두가 들
썩거렸고 유나도 한껏 기대했었다. 행사 당일에는 다른 지역 팬들
까지 몰려와서 강화도가 북새통이 되었는데도 강해는 결국 나타
나지 않았다. 이튿날 강해는 곧바로 사과했고, 팬들의 소동은 무마
되었다. 소속사에서는 강해가 최근 솔로 활동을 하느라 스케줄에
무리가 있었다고 발표하기도 했다.

 "아이참, 진짜라니깐."

 은아가 답답하다는 듯 얼굴을 찌푸렸다. 그리고 쐐기를 박듯이
말했다.

 "해바라기 회장한테 확인했어. 도데카 강해가 실종됐다고 회장
이 분명히 말했대."

 해바라기 회장이라는 말은 확실히 효과가 있었다. 교실 안은 갑
자기 충격의 도가니에 빠진 듯이 들끓었다. '해바라기'는 강해의
공식 팬클럽 이름이다. 회장은 강해가 다닌 서울의 예술고등학교
후배로, 누구보다 강해에 대해 잘 알고 있다고 자부하는 사람이었
다. 누군가 왈칵 울음을 터뜨렸다.

 "흐흑, 어떡해. 강해 오빠……."

 그러자 연쇄 반응처럼 교실 안 이곳저곳에서는 강해 오빠를 부

르며 탄식이 쏟아졌다. 두 손으로 얼굴을 감싸는 아이, 책상에 엎드려 흐느끼는 아이……. 다들 안절부절 어쩔 줄 몰라 했다. 유나도 표정이 어두워졌다. 휴대 전화 화면에 뜬 강해의 사진을 멍하니 보았다.

잠시 후 담임 선생님이 들어왔다. 아이들은 후다닥 휴대 전화를 집어넣었다. 새미가 옆구리를 쿡쿡 찌르자 유나는 황급히 전화기를 책상 아래로 감추었다. 종례를 마치고 모두들 근심 어린 얼굴로 교실을 나갔다. 교문을 나서자마자 유나는 서둘러 휴대 전화를 꺼냈다. 전화기에 매달린 다면체 모양의 메탈 액세서리가 대롱거렸다. 바탕화면에 강해의 사진이 떴다. 새미도 휴대 전화의 전원을 켜며 말했다.

"너 폰 뺏기는 줄 알았어. 선생님이 너 쳐다보는데 조마조마해서, 어휴."

교실에서 휴대 전화를 보다가 걸리면 압수당한다. 다음 날에나 돌려받을 수 있기 때문에 음악도 못 듣고 SNS도 못 해 큰 낭패가 아닐 수 없다. 간혹 걸린 아이가 휴대 전화 내놓기를 거부해서 선생님과 실랑이가 벌어지기도 한다.

둘은 길에 서서 휴대 전화를 정신없이 들여다보았다. 유나는 아까 보던 뉴스를 찾아서 다시 찬찬히 읽어 보았다. 강해의 행방을 아무도 모른다며 '실종', '잠적' 등의 단어를 썼지만 정작 그 사실을 뒷받침할 만한 근거는 없어 보였다. 강해가 어디서 어떻게 사라졌다는 것인지 나오지 않았다. 해바라기 카페에 들어가 보았더니 유나와 마찬가지로 강해의 실종을 믿지 않는 팬들이 많았다. 그들은 강해의 실종 기사를 쓴 기자들을 거세게 성토하고 있었다. 유나는 휴대 전화를 닫고 말했다.

"가짜 뉴스겠지."

"그럼 다행이지만 이번엔 뉴스에까지 나오고 좀 걱정돼. 도데카 오빠가 없어졌다는 말은 왜 이렇게 자꾸 나오는지 몰라. 오빠, 아무 일 없겠지?"

"다 헛소문이라니깐."

"그래도 해바라기 회장이 괜한 말을 한 것 같지는 않아. 왠지 찜찜해."

"하여튼 좀만 안 보이면 무슨 일이라도 난 것처럼 극성을 떨어. 강해 오빠도 좀 사라지고 싶겠다."

유나는 말을 쏘아붙였지만 씁쓸한 표정을 감출 수 없었다. 내심 강해가 걱정이 되긴 했다. 새미 말처럼 그전에는 강해에 관한 소문이 나더라도 팬 카페와 SNS에서만 들끓다 말았지 뉴스 기사로 다루어진 일은 드물었다. 지난번 강화도 촬영에 오지 않았을 때도 그랬고, 강해에 대한 이런저런 소문은 늘 있었다. 소속사와의 불화설이나 활동을 중단한다는 말도 심심찮게 나왔다. 강해가 솔로 앨범을 발표했을 때는 폴리헤드런 탈퇴설도 무성했다.

"하기야, 도데카 오빠가 다음 팬미팅 때 보자고 말한 게 어젠데,

잠적하다니 앞뒤가 안 맞긴 해."

새미도 걱정을 누그러뜨리고 대꾸했다. 수학을 좋아하는 새미는 강해를 '도데카'로 부르기를 좋아한다. 도데카에 수학적인 뜻이 들어 있기 때문이다. 그룹 '폴리헤드런'은 다면체라는 뜻이고 다섯 멤버들 이름도 모두 각자 다른 다면체의 이름에서 따왔다. 도데카는 '도데카헤드런'에서 따온 이름인데 십이면체라는 뜻이다.

유나와 새미는 강화산성의 북문과 동문 사이에 나 있는 언덕길을 터덜터덜 올라갔다. 강화산성은 강화의 남산과 북산을 잇는 성으로, 두 사람이 다니는 중학교는 강화산성 안 북문 앞에 있고, 바로 가까이 동문 쪽에는 강해가 다녔던 강화중학교가 있다.

강해는 강화도 출신으로 본명이 강해성이다. 강화중학교에 다닐 때 TV 서바이벌 프로그램에 출연해 뛰어난 연주와 노래 실력으로 큰 인기를 얻었고, 그 뒤 음악적 재능을 인정받아 청소년들로 결성된 아이돌 그룹 '폴리헤드런'에서 활동하게 되었다. 올해 고등학교를 졸업하고 솔로 앨범도 냈다. 폴리헤드런은 요즘 가장 핫한 아이돌 그룹 중 하나다. 특히 강화도에서는 어느 아이돌 그룹보다도 인기가 있고 강해의 열성팬도 아주 많다.

지난 봄 방학 때는 강해가 모교를 방문한다는 소문이 퍼져서 팬들이 몰려오기도 했다. 그 소식을 듣고 유나도 한달음에 이웃 중학교에 가 봤다. 학생들과 팬들로 산성 주변이 바글바글했지만 강해는 오지 않았다. 그때도 가짜 뉴스가 퍼지는 바람에 소속사와 팬들

이 곤혹을 치렀다. 유나는 몇 번이나 헛된 소문과 가짜 뉴스에 속
았던 터라 이번 강해의 실종 소식도 믿기지 않았다.

마지막 랩과 방정식

유나와 새미는 이어폰을 귀에 꽂고 걸었다. 강해의 공식 굿즈인 이어폰에서 폴리헤드런의 노래가 흘러나왔다. 음악을 들으며 벚나무 길을 올라갔다. 벚꽃이 필 때면 북문 앞 벚꽃 길에서 산등성이 북장대까지 걸어 올라가기도 했다. 한옥들을 지나면 고려 궁터가 나온다. 고려 시대 몽골의 침략 때 강화도는 39년간 수도가 되었으며 산성 안에 옛 궁궐터가 남아 있다.

학교가 강화산성 안에 있어서 학생들은 주변에서 유적을 언제나 볼 수 있었다. 강화도는 지붕 없는 박물관으로 불릴 만큼 역사 유적이 많다. 선사 시대부터 각 시대의 유적을 볼 수 있으며 잦았던 외세 침략의 역사도 알 수 있다. 특히 조선 후기 서양 세력이 밀려오던 시기에 강화도는 군사적 요충지가 되어 병인양요, 신미양요, 운요호 사건 등 굵직한 침략 전쟁을 치른 역사가 있다. 그런 이유로 전쟁박물관이 갑곶돈대 앞에 세워져 있다.

둘은 외규장각이 있는 곳으로 향했다. 조선 시대에는 고려 궁터에 행궁을 짓고 외규장각을 세워 많은 장서와 문서를 이곳에 보관했다. 정묘호란 때 인조가 행궁에 피신하기도 했으며 병인양요 때는 프랑스군이 침략해 와 건물이 불탔고 외규장각의 책 수천여 권이 소실되었다. 귀중한 의궤 수백 권도 약탈해 갔다.

외규장각 앞 회화나무는 방과 후 유나와 새미가 자주 찾는 곳이다. 학원 가는 길에 들르곤 하는데 나무 아래 벤치에 앉아서 둘은 주로 음악을 듣는다. 오늘은 학원 수업 시간까지 여유가 있는 데다가 강해의 실종 뉴스로 울적해져 곧장 이곳으로 왔다. 벤치 뒤쪽에 외규장각이 있어서 관광객이 많을 때도 있지만 대체로는 산성 안어느 곳보다 조용한 편이다.

유나는 그늘진 벤치에 앉아서 이어폰의 볼륨을 높였다. 새미도 옆에 앉아서 음악을 들었다. 노래를 흥얼거리던 새미가 말했다.

"우주에 심은 나무. 이 노래 너무 좋지?"

강해가 최근 부른 솔로곡이다. 노랫말을 강해가 썼는데 우주, 해, 열두 별자리 같은 도데카 강해를 상징하는 말들이 나온다. 도데카는 열두 별자리라는 의미도 있기 때문이다. 또 우주를 상징하기도 하는데, 플라톤이 정십이면체를 우주의 상징이라고 여겼기 때문이다.

"오— 우주에 심은 나무, 별이 열리는 나무. 오— 나의 우주, 넌 나의 전설—."

두 사람은 나란히 몸을 흔들며 후렴구를 따라 불렀다. 강해의 실종 뉴스 따위는 떨쳐 버리려는 듯이. 노래를 불렀더니 언짢은 마음도 좀 누그러졌다. 유나는 강해가 출연한 동영상 프로그램을 찾아보았다. 옆에서 같이 보던 새미가 말했다.

"도데카 오빠, 멘사에도 가입할 거래. 오빠는 정말 뇌까지 멋있어!"

강해는 수학을 잘하는 아이돌로 유명하다. 중학교를 다닐 때부터 수학 동아리 활동을 했고 수학 올림피아드에서 상을 받기도 했다. 수학을 좋아하는 새미는 강해가 활동했다는 수학 동아리에 가입해 있다. 새미에게 강해는 그냥 아이돌 가수가 아니라 무려 동아리 선배인 것이다. 강해에 대한 호감도가 상승할 수밖에 없다.

유나가 이어폰 한 짝을 떼고 새미에게 물었다.

"어제 강해 오빠가 부른 랩 들었어?"

"그럼. 느티나무 랩 말이지? 그거 방정식 문제더라."

"휴, 어쩐지. 수학 문제 같았어."

유나는 힘없이 고개를 끄덕였다. 강해는 가끔 팬들에게 재미 삼아 수수께끼를 내곤 하는데 수학 문제를 낼 때도 있었다. 까다롭고 어려운 문제를 낼 때도 있지만 수학을 어려워하는 팬들을 위해 랩

으로 재미있게 만들어 내기도 한다. 그래도 유나에게는 다 골치 아
파 보이긴 마찬가지다. 어제도 강해가 랩을 불러 SNS에 올렸는데
수학 문제 같아서 듣기만 하고 풀지 않고 제쳐 두었다.

"강해 오빠는 하필이면 수학 문제를 마지막으로……."

유나는 말을 하다가 입을 다물었다. 마지막이라는 단어가 싫었
던 것이다. 강해가 사라지기 전에 마지막으로 부른 랩이 수학 문제
라니 좀 야속했다. 유나는 강해의 노래를 좋아하지만 수학 문제는
달갑지 않았다. 반면에 수학을 잘하는 새미는 강해의 수학 문제를
무척이나 반긴다. 어렵고 까다로운 문제일수록 좋아서 환호하기
까지 한다. 답을 구해 성취감에 한껏 들뜬 새미를 볼 때면 단짝이
지만 은근히 샘도 난다.

유나는 어제 강해가 부른 랩을 생각하다가 문득 떠올랐다.

"근데 랩에 나오는 나무가, 이 노래에 나오는 나무를 말하는 것
같지 않아?"

"글쎄……."

새미가 휴대 전화로 강해가 낸 문제를 찾아보았다. 어제 강해
가 부른 랩은 느티나무의 나이를 구하는 문제였다. 방금 들은 노래
「우주에 심은 나무」에도 느티나무가 나온다. 문제를 다시 보니 유
나의 말처럼 노랫말에 나오는 나무를 가리키는 것도 같았다.

"렛츠 게릿!"

새미는 한손을 들어 외쳤다. 그리고 손으로 박자를 맞추며 읊조

렸다.

"느티나무는 모두가 사랑하는 나무. 오, 예! 베이비!"

어설프게 래퍼를 흉내 내는 새미를 보자 유나는 풋 웃음이 터져 나왔다. 새미가 랩을 부르듯 문제를 읽었다.

나이의 반을 살았을 때— 가장 키가 큰 느티나무였고

오십 년이 더 지났을 때— 가장 오래된 느티나무가 됐어

나이의 삼분의 일이 더 지나서— 보호수가 됐고

삼십칠 년 세월이 더 흘러서— 지금의 우주의 나무가 됐어

"오, 스왜그!"

새미가 랩을 마치자 유나는 손뼉을 쳤다. 새미는 어깨를 한번 으쓱하더니 펜을 잡았다.

"나무의 나이를 x로 하면……."

$$\frac{1}{2}x + 50 + \frac{1}{3}x + 37 = x$$

새미는 종이에 방정식을 썼다. 유나가 어깨너머로 수학식을 보며 물었다.

"그래서, 나무의 나이가 얼마나 돼?"

"음…… 500살도 넘었던 거 같아. 디오판토스의 나이 문제랑 좀

비슷한데……."

"디오판토스의 나이?"

"응. 수학자 디오판토스가 자신의 나이를 묻는 방정식을 묘비에 새겼거든. 디오판토스는 최초로 방정식을 만든 수학자야."

"묘비에 그런 문제를 새겼다고? 진짜 수학자답네."

$$\frac{1}{2}x + \frac{1}{3}x + 87 = x$$

$$\frac{1}{6}x = 87$$

$$\therefore x = 522$$

"답은 522."

새미는 방정식을 풀고 답에 동그라미를 쳤다. 잠자코 풀이를 지켜보던 유나가 입을 열었다.

"그럼 느티나무의 나이가 522살이라는 거야? 그렇게나 오래된 느티나무가 있나?"

"있겠지. 강화에도 수백 년 된 나무들이 많잖아. 저 나무만 해도 400년이나 됐는걸."

새미는 둘의 머리 위로 그늘을 드리우고 서 있는 아름드리나무를 가리켰다. 그 회화나무는 수령이 400년이 넘었다고 팻말에 쓰여 있다. 세월만큼이나 많은 나뭇가지를 늘어뜨린 나무를 올려다보며 유나는 고개를 끄덕였다.

"그래, 맞아. 갑곶돈대에도 오래된 나무가 있지."

유나는 강해의 화보 촬영이 취소되었던 갑곶돈대를 떠올렸다. 강화에서 출토된 비석들과 순교성지, 전쟁박물관을 견학하려고 학교에서 갑곶돈대에 간 적이 있었다. 돈대로 들어가는 길에 붉은 영산홍이 피어 있었고 그 옆에 수백 년 묵은 탱자나무가 서 있었다.

"강해 오빠 노래에 나오는 느티나무도 어딘가에 있을지 모르겠다."

유나가 중얼거리자 새미는 불현듯 떠올렸다.

"도데카 오빠 블로그였나? 느티나무 사진이 있지 않았어? 그 나무도 아주 오래됐다고 했는데……."

"그래, 강해 오빠가 찍은 사진이라고 했어."

유나는 강해가 찍은 느티나무 사진이 생각났다. 어디서 찍었을까? 어쩌면 그 느티나무를 보고 강해가 「우주에 심은 나무」의 노랫말을 썼는지도 모른다. 강해의 노래에 영감을 준 나무일지도 모른다는 생각이 들자, 유나는 그 나무가 한번 보고 싶어졌다. 휴대전화를 보고 있던 새미가 걱정스럽게 말했다.

"도데카 오빠 소식은 아직 아무도 모르나 봐……."

뉴스에서는 강해의 실종을 계속 다루고 있었으나 별다른 소식은 없었다. 여전히 강해가 어디에 있는지 아무도 모른다고 했다.

유나는 강해가 어디에선가 조용히 새 노래를 만들고 있을 거라는
생각이 자꾸만 들었다. 어쩌면 며칠 뒤에 짠 하고 나타나 멋진 곡
을 선보일지도 모른다. 유나는 이어폰을 다시 꽂고 강해의 노래를
들었다.

도데카헤드런의 수학 이야기: 일차 방정식

팬은 몇 명인가

폴리헤드런 팬 여러분, 약속을 못 지켜서 정말 미안해. 공연이 취소되었는데도 아침 일찍부터 공연장에 와서 기다린 팬들을 생각하면 가슴이 너무 아파. 멀리서 온 팬들도 많았다는데 정말 안타까워. 내가 요즘 좀 사정이 있으니, 이해해 줬으면 해. 그런데 그날 팬들이 얼마나 왔냐고?

그날 공연장 앞에 온 팬 중 서울에 사는 사람이 절반이었고, 수도권에 사는 사람이 전체의 4분의 1이었어. 5분의 1은 지방에서 올라왔고 해외에서 온 사람도 6명이나 되었지. 팬은 모두 몇 명이었을까?

위의 문장은 문자와 기호를 사용하여 간단히 나타낼 수 있어. 전체 팬의 수는 모르니까 문자 x를 사용하기로 해. 그러면 서울에 사는 사람은 $\frac{1}{2} \times x$가 되는데, 곱셈 기호를 생략해서 간단히 $\frac{1}{2}x$로 쓸 수 있어. 수도권은 $\frac{1}{4}x$, 지방은 $\frac{1}{5}x$이고 해외에서 온 사람은 6이야. 그래서 다음과 같은 식이 되었어.

$$x = \frac{1}{2}x + \frac{1}{4}x + \frac{1}{5}x + 6$$

말로 길게 썼던 문장을 문자 x와 +, = 같은 기호를 사용하니까 간단해졌지? 등호(=)를 사용하여 식이 같음을 나타낸 것을 등식이라 하고, 등식에서 등호의 왼쪽 부분을 좌변, 등호의 오른쪽 부분을 우변이라고 해. 그리고 모르는 어떤 수(미지수)를 문자 x로 나타냈어. 이렇게 x의 값에 따라 참이 되기도 하고, 거짓이 되기도 하는 등식을 x에 관한 방정식이라고 해. 방정식을 참이 되게 하는 미지수 x의 값을 그 방정식의 해 또는 근이라고 하고, 방정식의 해를 구하는 것을 '방정식을 푼다'라고 말해.

자, 앞의 방정식을 풀어 보자. x가 나오면 지레 겁을 먹는데 어렵게 생각할 것 없어. 방정식을 풀 때는 다음과 같은 순서대로 풀면 되거든.

① 모르는 수를 x로 하고, 등식을 만든다. $x = \frac{1}{2}x + \frac{1}{4}x + \frac{1}{5}x + 6$

② 문자가 같은 동류항끼리는 계수를 더하거나 뺄 수 있다.

   $x = \frac{10 + 5 + 4}{20}x + 6$

③ 미지수는 좌변, 상수항은 우변으로 부호를 바꾸어 옮긴다.

   $x - \frac{19}{20}x = 6$

④ 좌변과 우변을 간단히 정리한다. $\frac{1}{20}x = 6$

⑤ x의 계수로 우변을 나눈다. $x = 6 \times 20 = 120$

x의 값은 120, 즉 공연장 앞에서 기다린 팬은 모두 120명이야. 어때, 어렵지 않지? 길고 복잡한 문장도 문자와 기호를 사용해 간단한 식으로 만들고, 위의 방법대로 방정식을 풀면 돼.

디오판토스의 묘비와 방정식

문자와 기호를 사용하여 처음으로 방정식을 만든 사람은 그리스의 수학자 디오판토스야. 수학에서 숫자를 대신하여 문자를 사용하는 것을 '대수'라고 하는데, 방정식은 '대수학'을 대표하지. 그래서 디오판토스를 '대수학의 아버지'라고 불러. 디오판토스는 『산수론』이라는 전체 13권짜리 수학책을 썼는데 대수학의 발전에 엄청난 영향을 끼친 책이야. 이 책에서 최초로 미지수를 문자로 나타내고 수학 기호를 만들어 사용했어. 물론 오늘날 우리가 쓰는 기호와는 모양이 다르긴 해. 디오판토스는 그리스 문자를 써서 ε, ς, Δ를 미지수로 나타냈고 숫자를 α, β, γ…로 썼어. 그리고 ⋀ 같은 뺄셈 기호를 만들어 사용하기도 했어. 지금 우리가 쓰는 숫자와 수학 기호가 발명되기 훨씬 전이었지.

디오판토스는 3~4세기 무렵에 활동했던 것으로 알려져 있지만 정확한 생몰연도는 알 수가 없어. 그렇지만 몇 살까지 살았는지는 알 수 있어. 디오판토스의 묘비에 이런 시가 새겨져 있었거든.

지나가는 나그네여, 이 비석 밑에 디오판토스가 잠들어 있다.

일생의 6분의 1은 소년 시절로 보냈고,

12분의 1이 지난 후 수염이 자라 청년이 되었네.

그 후 7분의 1이 지나 결혼을 해서 5년 후에 아들을 낳았지.

아들은 아버지 나이의 반을 살았다네.

아들이 죽은 후 4년 뒤에 그도 세상을 떠났네.

그는 몇 살까지 살았는가?

디오판토스의 생애를 적은 시이자, 그의 나이를 묻는 방정식 문제야. 묘비에 방정식 문제를 새겨 놓다니 정말 대수학의 아버지답지? 디오판토스의 나이를 미지수 x로 하면, 소년 시절은 $\frac{1}{6}x$, 청년기는 $\frac{1}{12}x$, 그 후 결혼할 때까지는 $\frac{1}{7}x$, 아들을 낳았을 때는 +5, 아들은 $\frac{1}{2}x$ 를 살았고, 죽은 때는 +4. 모두 합하면 디오판토스의 나이가 돼.

$$\frac{1}{6}x + \frac{1}{12}x + \frac{1}{7}x + 5 + \frac{1}{2}x + 4 = x$$

앞에서 말했던 방정식을 푸는 방법을 잘 알고 있지? 동류항끼리 더해서 x항을 간단히 하고 좌변과 우변을 정리해 계산하면 디오판토스의 나이를 구할 수 있어.

2부

타르탈리아의
방정식과
정다면체

수수께끼 그림 「아테네 학당」

다음 날에도 강해의 행방은 묘연했다. 강해가 사는 곳에도 흔적이 없고, 아무도 그가 어디에 있는지 몰랐다. 소속사 매니저도, 폴리헤드런 멤버들도, 심지어 가족들까지도. 온종일 강해의 실종 뉴스가 인터넷을 달궜다. 기사가 넘쳐 나면서 터무니없는 말들도 쏟아져 나왔다. 한때는 SNS에 강해의 옷과 신발이 강화대교에서 발견됐다는 말이 빠르게 퍼지더니 강해가 물에 빠졌다는 소식도 전해졌다. 강해의 자살을 우려하는 말까지 나왔다.

유나는 밤늦게까지 인터넷을 찾아보았다. 하지만 어느 것 하나 강해의 소식을 제대로 알려 주는 기사는 없었다. 도무지 종잡을 수 없는 얘기들뿐이었다. 그만 컴퓨터를 끄려는데 메신저를 통해 파일이 전송되었다는 표시가 떴다. 발신자는 모르는 사람이었다. 파일을 클릭하니 어떤 그림이 화면에 떴다.

"어, 이 그림은……?"

반원형 아치 천장 아래 수많은 인물이 그려져 있었다. 마우스를 움직이며 그림을 보던 유나는 저도 모르게 웃음이 나왔다.

"후후, 머리가 벗어진 사람은 소크라테스 같은데?"

그림 왼쪽에 대머리 소크라테스가 보였다. 한가운데 서서 대화를 나누고 있는 인물은 플라톤과 아리스토텔레스다. 두 거장을 중심으로 학자들이 양쪽에 서서 대화를 경청하거나 토론을 하고 있는데, 모두 인류 역사에 이름을 남긴 위대한 학자들이다. 계단에 무관심한 표정으로 걸터앉은 철학자의 모습도 재미있고 탁자에 턱을 괴고 진지한 표정으로 뭔가를 쓰고 있는 인물도 시선을 끈다.

유나가 이 그림에 대해 이 정도로 자세하게 알고 있는 건 다 이유가 있다. 작년 여름 방학 때 새미에게 이끌려 참가한 강화청소년 수련원 수학 캠프에서 이 그림을 보았기 때문이다. 소강당 벽에 걸린 큰 액자에 그림이 들어 있었는데 소크라테스, 플라톤, 피타고라스 같은 유명한 인물이 모두 이 그림에 등장한다는 선생님의 설명이 신기해서 한참을 구경했었다. 마치 그 대학자들이 강당에 들어와 있는 느낌도 받았다.

"그런데 이 그림을 누가 보냈지? 잘못 보냈나?"

유나는 그림을 훑어보며 고개를 갸우뚱했다. 그때 그림의 윗부

분이 유나의 눈에 들어왔다.

"어? 천장을 폴리헤드런 무늬처럼 그렸네."

아치문 천장에 기하학적 무늬가 그려져 있었는데 폴리헤드런 그룹을 상징하는 다면체 도형과 모양이 비슷했다. 언젠가 영상으로 봤던 폴리헤드런 콘서트 무대가 떠올랐다. 그림에서와 비슷하게 아치문을 세우고 천장과 기둥에 다면체를 장식한 무대였다. 콘서트 영상을 본 새미는 기하학적인 무대에 더욱 열광했었다.

수수께끼 그림 「아테네 학당」

"이 그림 제목이 뭐였더라?"

인터넷에서 찾아보니 「아테네 학당」이라고 나왔다. 「아테네 학당」은 1510년 이탈리아 화가 라파엘로가 바티칸 궁전에 그린 프레스코 벽화다. 그림에 등장하는 인물이 아주 많은데도, 대각선을 따라 한가운데 점에 집중되는 원근법을 사용해서 아주 사실적으로 보인다고 했다. 그림 좌우에 서 있는 대리석 조각상에 대한 설명을 읽어 보았다.

"왼쪽 조각상은 현악기를 든 예술과 음악의 신 아폴론이고, 오른쪽은 방패와 창을 든 전쟁과 지혜의 여신 아테나이다. 반원을 그리는 아치 천장은 하늘을 연상시키고, 정사각형 모양의 바닥은 땅을 상징하는 듯하다. 하늘은 둥글고 땅은 네모남을 뜻하는 동양의 천원지방(天圓地方) 사상과도 일맥상통한다. 플라톤은 하늘을 가리키고 아리스토텔레스는 자신의 책 『윤리학』을 들고 땅을 가리키고 있다."

유나는 그림에 눈을 돌려서 한가운데 서 있는 플라톤과 아리스토텔레스를 보았다. 두 학자는 정말 하늘과 땅을 암시하는 듯 손짓을 하고 있다. 유나는 설명을 계속 읽었다.

"계단에 걸터앉아 있는 사람은 디오게네스, 탁자에 턱을 괴고 뭔가를 쓰고 있는 사람은 헤라클레이토스다."

"수학자들은 어디 있더라?"

철학자들은 상단부에, 자연 과학을 연구하는 학자들은 하단부에 그려져 있었다. 수학자들은 주로 계단 아래 앞부분에 있었다. 왼쪽에 피타고라스가 책을 쓰고 있고 그 바로 뒤에서 그것을 베껴 쓰고 있는 다른 수학자의 모습이 보였다. 그 옆에 천재 여성 수학자로 알려진 히파티아의 우아한 모습도 보였다.

유나는 어느덧 그림 속 인물들을 하나씩 살펴보는 재미에 빠졌다. 마치 아테네 학당을 무대로 고대 그리스의 철학자, 과학자 들이 등장하는 연극의 한 장면을 보는 듯했다. 문득, 수학 캠프에서 했던 연극이 떠올랐다. 캠프 마지막 날 이 그림의 등장인물들을 주인공으로 역할극을 했었다.

"유클리드가 어디 있지?"

역할극에서 유나는 수학자 유클리드 역할을 맡았다. 인터넷 설명에 유클리드가 오른쪽 하단에 있다고 해서 재빨리 찾아보았다. 허리를 숙인 채 컴퍼스를 들고 뭔가 그리는 시늉을 하고 있는 인물이 바로 유클리드였다. 그제야 연극 연습할 때 컴퍼스를 준비해 갔던 것도 떠올랐다.

설명을 좀 더 읽으니 유클리드 옆으로 천문학자 프톨레마이오스가 등을 보인 채 서 있고 자라투스트라가 천구의를 들고 서 있다고 했다. 유나는 그림의 등장인물을 하나하나 살펴볼 때마다 역할극을 같이했던 친구들이 떠올랐다.

"새미가 히파티아 역할이었지……."

유일한 여성 히파티아는 새미에게 돌아갔다. 소강당에서 열린 공연에서 새미는 드레스를 입고는 히파티아처럼 멋진 포즈를 취했다. 히파티아의 자세와 표정이, 매사에 적극적이고 의젓한 새미를 닮은 듯했다. 유나는 새미에게 「아테네 학당」 사진을 메일로 보냈다.

이 그림 생각나? 수학 캠프에서 역할극도 했었잖아!

유클리드의 도형, 피타고라스의 방정식

잠시 후 새미에게서 메시지가 왔다.

새미
유클리드가 그린 거 뭐임?

'유클리드가 그린 거라고?'

유나는 「아테네 학당」 그림을 다시 보았다. 유클리드가 있는 부분을 확대해 보니 새미 말대로 뭔가 그려져 있었다. 모니터에 바짝 얼굴을 대고 자세히 보았다.

새미
도형 같은데?

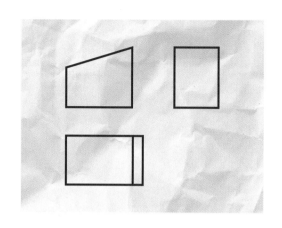

그림을 좀 더 확대하니 사각형 세 개가 또렷하게 보였다. 인터넷에서 「아테네 학당」을 찾아서 확인해 보았더니 원작에는 없는 부분이었다. 원작에는 유클리드가 컴퍼스를 돌리는 시늉을 하고 바닥에 도형이 희미하게 그려져 있었지만 이런 그림은 없었다. 새미에게서 다시 메시지가 왔다.

새미
저 도형, 유나 네가 그렸어?

유나
아니. 나도 파일로 받은 거야.

새미
누가 보냈는데?

> 몰라. 모르는 사람이야.
> 아무 말도 없이 그림만 보냈어.

새미

> 그래? 유클리드 그림,
> 누가 붙여 놓은 것 같아.

유나

> 나도 지금 봤어. 사각형 같은 게
> 그려져 있네. 근데 그게 이상해?

새미

> 아무래도 투영도 같아서.

유나

> 투영도?

새미

> 건물 모양을 나타낸 그림.
> 화법 기하학에 나와.

유나

> ······.

  컴퓨터 화면에 모르는 단어들이 나와 유나는 자판을 치던 손을
멈췄다.

'투영도는 뭐고 화법 기하학은 또 뭐람……. 휴우.'

저도 모르게 한숨이 새어 나왔다. 새미와 수준 차이가 나는 느낌이다. 재빨리 인터넷을 검색했다.

"투영도는…… 건물이나 물건을 각 방향에서 평행 광선의 빛을 비추어 벽에 나타난 그림자를 보고 그리는 것이다. 무슨 말인지 하나도 모르겠네……."

유나는 투덜거리며 계속 읽었다. 설명을 더 읽어 보았더니 이해가 좀 되는 듯했다. 투영도는 물체를 각 방향에서 본 모양을 나타내는 것이고, 이렇게 투영도를 그리면 전체를 쉽게 파악할 수 있다는 것이다.

"아, 투영도를 그리면 건물 모양을 파악하기가 쉽겠네."

유나는 고개를 끄덕였다. 투영도를 통해 도형을 연구하는 것이 화법 기하학이라고 했다. 화법 기하학은 종이 한 장에 투영도를 그려서 설계도를 간단하고 쉽게 만들 수 있기 때문에 건물 설계나 기계 공학에 널리 쓰인다고 했다.

설명을 다 읽고 나니 새미 말을 이해할 수 있었다. 인터넷을 찾아보는 동안 대화가 끊어지자 새미에게서 전화가 왔다. 유나는 전화를 받고 말했다.

"방금 투영도 찾아봤어. 네 말대로 건물 모양을 알 수 있는 그림이네."

"그래. 투영도는 건물을 앞에서, 옆에서, 위에서 본 모양을 한꺼

번에 그리는 거라고 생각하면 돼. 정면도, 측면도, 평면도를 같이 나타내는 거지."

"그런데 이 그림이랑 투영도가 무슨 관계야?"

"유클리드 그림을 자세히 봤거든? 왼쪽 사각형은 정면도, 오른쪽 직사각형은 측면도, 아래 직사각형은 평면도를 그린 것 같아서. 그러니까 어떤 건물의 투영도 같다는 거지."

"어떤 건물?"

"글쎄, 이렇게 생긴 건물 본 적 없어?"

유나가 생각을 해 보려는데 새미 목소리가 다시 들렸다.

"청소년수련원, 수학 캠프 했던 곳 말이야. 거기랑 비슷하지 않니?"

"안 그래도 그림 보고 수학 캠프 생각났는데. 소강당에 이 그림이 걸려 있었잖아."

"맞아. 거기서 역할극도 했고. 수련원 건물과 관계가 있는 거 아닐까? 그런데 이 그림, 대체 누가 보냈을까?"

"수학 캠프에 참가했던 누군가? 혹시 수학 동아리 회원 아니야?"

"아이디가 뭔데?"

"처음 보는 아이디야. 타글리아? 여자 이름 같은데? 하여튼 모르는 사람이야."

"그래? 같이 역할극 했던 앤가…… 그림을 좀 더 살펴보자. 숨겨 놓은 게 또 있을 수도 있어."

두 사람은 각자 「아테네 학당」 그림을 찬찬히 들여다보았다. 진지하게 뭔가를 쓰고 있는 헤라클레이토스 주위를 살펴본 다음 수학자들이 모여 있는 왼쪽으로 눈을 돌렸다. 그러다가 둘이 동시에 소리쳤다.

"피타고라스!"

"피타고라스 노트에 뭐가 있어!"

피타고라스는 노트에 뭔가를 쓰는 듯한 자세를 취하고 있었는데, 그 노트에 무언가 적혀 있는 것을 발견한 것이다. 새미 말소리가 들렸다.

"피타고라스의 노트를 확대해 봐. 뭐가 있어."

"그래, 뭔가 적혀 있어……. 아, 보인다. 수학식인데?"

새미가 흥분해서 소리쳤다.

"방정식이야. 일차 방정식!"

노트를 확대하자 화면에 방정식이 선명하게 나타났다. 원본 그림 위에 누군가 방정식을 넣은 것이다.

$$xy - 2x - 5 = 0$$

방정식을 종이에 옮겨 적고서 유나는 고개를 갸웃했다.

"그런데 미지수가 x랑 y 두 개인데 방정식은 하나야. 이 방정식 풀 수 있어?"

"그러네. 미지수가 두 개면 방정식이 두 개 있어야 풀 수 있어. 연립 방정식으로 풀어야 되니까."

"그럼 어딘가에 방정식이 또 있을까……?"

유나는 중얼거리며 그림에 눈을 돌렸다. 그러자 새미가 큰 소리로 말했다.

"아, 부정 방정식이야. 방정식이 부족할 때는 부정 방정식으로 풀면 돼."

또 모르는 단어가 튀어나오자 유나는 전화기를 쳐다보았다.

"부정 방정식? 그게 뭔데?"

"방정식의 해가 여러 개 나올 수 있는 방정식이야. 해가 정해진 것이 아니어서 부정 방정식이라고 해. 근데 이상하다……."

"뭐가?"

유나는 새미의 말을 기다렸다. 새미의 음성이 천천히 흘러나왔다.

"이 방정식, 전에 본 적 있어. 음……. 누가 수학 동아리 대화방에 냈던 방정식 같아. 네 말대로 미지수가 두 개이고 방정식이 하나뿐이니까 애들이 못 푸는 문제라고 그랬어. 부정 방정식은 고등학교 때 배우니까. 그 문제랑 비슷한 것 같아."

"누가 문제 냈는지 기억나?"

"아니, 기억 안 나. 너한테 이렇게 문제 보낼 만한 애 없어?"

"내가 수학 싫어하는 줄 다 아는데 누가 나한테 수학 문제를 보내겠어. 골탕 먹이려고 그러나? 누구냐고 답장 보내서 물어볼까?"

"에이, 그러면 재미없지. 문제를 받았으면 풀어 줘야지. 답을 찾으면 수수께끼 인물도 밝혀지겠지. 방정식 풀이는 간단해. 음, 답은 두 갠데……."

$$xy - 2x - 5 = 0 \text{ (x, y는 자연수)}$$
$$x(y-2) = 5$$
$$x = 1일\ 때, y - 2 = 5 \rightarrow y = 7 \quad \therefore (1, 7)$$
$$x = 5일\ 때, y - 2 = 1 \rightarrow y = 3 \quad \therefore (5, 3)$$

"벌써 풀었어?"

"응. x가 1일 때 y는 7, 또는 x가 5일 때 y는 3이 돼."

"1과 7, 5와 3이라고? 이 수들이 뭘 뜻하지?"

답을 받아 적은 유나는 펜을 만지작거리며 중얼거렸다. 새미의 음성이 잠시 끊어졌다가 들렸다.

"글쎄……. 어? 유나야, 그림 윗부분에 다면체가 있어. 폴리헤드런 도형 같아."

"천장 무늬 말이야? 나도 보고 폴리헤드런 공연이 떠오르더라. 무대를 다면체로 장식했었잖아……."

"그게 아니라, 아치 천장 가운데를 잘 봐. 가운데 도형이 다른 것하고 좀 달라."

"그래? 아까 봤었는데……."

유나는 그림 윗부분을 확대해 보았다. 새미 말대로 아치 천장의 기하학무늬에서 가운데가 조금 다르게 보였다. 새미가 느닷없이 소리쳤다.

"도데카헤드런! 정십이면체야."

"진짜?"

유나가 눈을 동그랗게 뜨고 그림을 보았다. 모니터에 얼굴을 바짝 대고 살펴보니 그림에 숨겨져 있던 도형이 또렷하게 보였다.

"정말 그러네. 정십이면체야."

"그렇지? 정십이면체가 분명하지?"

새미가 확인하듯이 물었다. 유나의 눈에도 정십이면체 모양이 또렷하게 보였다.

"그래. 강해 오빠를 상징하는 도형이잖아……."

그 순간 유나는 이상한 생각이 들었다. 도데카 강해를 상징하는 도형이 왜 이 그림에 숨겨져 있는 것일까? 유나는 도형을 뚫어지게 쳐다보았다. 새미의 말이 들렸다.

"그림이 아니고 사진 같아. 안 그래?"

유나 눈에도 그렇게 보였다. 무채색의 정십이면체 물체를 찍은 사진이었다.

"사진을 붙여 넣었어. 강해 오빠를 나타낸 도형. 이런 거 본 적 있어?"

"누가 이런 모형을 보고 사진 찍어서 넣은 거 아닐까?"

"그치만 왜 나한테 이런 걸 보냈지? 투영도도 방정식도. 정말 알수가 없네……."

유나는 어안이 벙벙해졌다. 강해 오빠는 사라졌는데, 누군가 갑자기 강해를 상징하는 다면체 사진을 그림 속에 숨겨 보내 온 것이다. 무슨 뜻일까. 아무리 생각해도 이유를 알 수가 없었다. 부정방정식과 투영도 그림은 또 무엇이란 말인가.

"누가 보냈는지 정말 모르겠어? 생각나는 거 없어?"

"모르겠어. 누가 장난친 거 아닐까? 강해 오빠가 사라졌다니까내가 팬인걸 알고 다면체 사진을……."

새미의 물음에 대답하면서 유나는 슬며시 화가 났다. 누군가 장난으로 그림을 보냈다면 정말 괘씸했다.

"고작 장난이나 치려고 수학 캠프 역할극을 암시한 그림에 이런것들을 숨겨 놨을 것 같진 않아."

"나한테 방정식을 보냈다는 것 자체만으로도 납득이 안 간다. 순전히 날 골탕 먹이려는 거지. 강해 오빠 도형까지 집어넣어서……."

유나가 발끈했지만 새미는 차분한 말투로 말했다.

"아무래도 뭔가 찾길 바라고 수수께끼를 낸 거 같아. 그런 생각이 들어. 청소년수련원에 한번 가 보지 않을래? 소강당에 이 그림이 걸려 있었잖아. 거기서 역할극도 했고. 일단 가 보면 누가 이런 수수께끼를 냈는지 알 수 있을지도 몰라.”

“그러자. 장난이든 아니든 한번 알아봐야겠어. 내일 학교 끝나고 가 보자.”

새미의 제안에 유나는 흔쾌히 답했다. 청소년수련원은 학교에서 멀지 않은 갑곶리에 있었다. 둘은 내일 학원에 가기 전에 수련원에 들르기로 했다. 「아테네 학당」 그림이 걸려 있던 장소에 가 보면 그림 파일을 보낸 사람이 누군지 혹시 알 수 있을지도 모른다. 그림을 보낸 이유도. 만약 누군가 장난을 친 거라면 가만두지 않으리라. 유나는 누군지 꼭 밝혀서 혼내 주겠다고 마음먹었다.

그러나 한편 유나는 그림에 숨겨져 있던 십이면체에 자꾸 마음이 끌렸다. 혹시나 정말로 강해 오빠와 무슨 관련이 있는 건 아닐까……?

도데카헤드런─정십이면체 돌

다음 날 학교 수업을 마치고 유나와 새미는 버스를 타고 갑곶리로 향했다. 버스가 남문을 벗어나니 도로가 차량으로 가득했다. 금요일 오후인데도 벌써부터 자동차들이 강화대교를 건너서 밀물처럼 들어오고 있었다. 주말이면 늘 섬 전체가 관광객들로 북적거린다. 둘은 청소년수련원 앞에서 내렸다. 정문을 들어가며 유나가 본관 건물을 올려다보았다.

"정말 그 도형을 닮았네."

건물 외관이 그림에 그려져 있던 도형을 빼닮았다. 정면은 한쪽이 올라간 사다리꼴, 측면은 직사각형 모양이었다. 투영도와 정말비슷했다. 수련원 안은 방과 후 프로그램에 참여하는 청소년들로 활기찼다. 농구 시합이 열리는 체육관에서는 우렁찬 함성이 터져 나왔다. 새미가 먼저 계단을 내려갔다.

"소강당에 가 보자. 거기에 힌트가 있을 것 같아."

지하 소강당은 문이 잠겨 있지 않았다. 문을 열고 강당에 들어가니 맞은편 벽에 걸린 「아테네 학당」이 눈에 들어왔다. 유나가 가까이 가서 그림을 보고 있자니 새미가 앞쪽 무대를 가리켰다.

"우리 저기서 역할극 했잖아. 한번 가 보자."

무대 쪽을 살펴봤지만 수수께끼의 단서가 될 만한 것은 없어 보였다.

"유나야, 뭐 생각나는 거 없어?"

"글쎄…… 잘 모르겠어. 참, 뒤쪽에 방이 있었지. 우리 거기서 분장도 하고 연습도 했잖아."

소품실이 무대 뒤편에 있었다. 문을 살며시 열어 보니 어두침침한 방 안에는 아무도 없었다. 유나가 먼저 들어가 전등을 켜고 방을 둘러보았다. 행사 때 쓰는 소품들이 한쪽에 쌓여 있었고 특별히 눈에 띄는 것은 없었다.

"유나야, 이리 와 봐. 여기 사물함이 있어."

새미가 손짓했다. 파티션 뒤로 가 봤더니 수납장이 한 벽면을 가득 채우고 있었다. 정사각형 사물함 수십 개가 잠겨 있거나 열쇠가 꽂혀 있었다. 유나는 사물함을 스윽 훑어보았다.

"번호가 없네."

사물함에는 번호가 매겨져 있지 않았다. 새미는 사물함 수를 세어 보고는 말했다.

"모두 서른다섯 개야."

가로 다섯 개, 세로 일곱 개씩 사물함이 놓여 있었다. 유나가 손에 잡히는 대로 몇 개를 열어 보았다.

"비어 있거나 잡동사니만 들어 있어."

"방정식 답은 1, 7과 5, 3인데 사물함에 번호가 없으니 소용이 없네. 이 방은 아닌가 보다. 누군지 수수께끼를 꽤나 어렵게 냈는걸."

새미는 허리를 숙이고 맨 아래 칸까지 열어 보고는 손을 털며 말했다. 그러자 유나는 고개를 저으며 말했다.

"나는 왠지 여기에 뭔가 있을 거 같아. 역할극 연습했던 곳이잖아."

"뭘 찾을 수 있을까? 힌트는 방정식으로 얻은 값뿐인데……."

새미는 눈을 깜박이며 골똘히 생각했다. 그러더니 별안간 손바닥을 쳤다.

"아! 1, 7, 5, 3이 번호가 아니고 좌표 아닐까?"

"좌표?"

"응. 가로세로 좌표 말이야. 방정식 답이 x가 1일 때 y가 7이고, x가 5일 때 y가 3이었지? x, y 좌표로 생각하면 사물함의 가로축을 x, 세로축은 y로 생각할 수 있잖아."

"아하, 무슨 말인지 알겠어. 사물함은 가로 다섯 칸, 세로 일곱 칸이니까……."

"그래, 바로 그거야! 좌표 1, 7은 1열 7칸이고 5, 3은 5열 3칸. 어때, 괜찮은 생각이지?"

새미가 의기양양한 표정으로 유나를 보았다. 유나는 고개를 끄덕였다. 새미가 환히 웃으며 두 손을 내밀자 유나도 손을 들어 새미의 손바닥을 마주치더니 이렇게 재촉했다.

"빨리 확인해 보자."

"1열 7칸이면 왼쪽 첫 줄 일곱 번째, 저기 맨 위 칸이야."

키가 훤칠한 새미가 발뒤꿈치를 들고서 맨 윗줄 사물함에 손을 뻗었다. 유나는 기대에 찬 눈으로 사물함을 올려다보았다. 새미가 사물함 문을 흔들어 보고 힘없이 말했다.

"잠겼어. 열쇠가 있어야 돼."

유나가 재빨리 다른 사물함에 꽂혀 있던 열쇠를 몇 개 빼서 새미에게 주었다. 하지만 맞는 것이 없었다. 그러자 유나는 다른 사물함으로 눈을 돌렸다.

"또 있잖아. 5열 3칸. 맨 오른쪽 줄 3번째 칸……. 이건 열린다!"

유나는 사물함을 찾아서 문을 왈칵 열어젖혔다. 그러고는 이내 실망한 표정을 지었다.

"텅 비었네……. 아무것도 없어."

"가만, 저게 뭐야?"

사물함 안을 보던 새미의 눈이 커졌다. 유나도 고개를 숙여 안을 들여다보니 사물함 안쪽 벽에 뭔가 볼록하게 붙어 있었다. 테이프를 떼고 꺼내 보니 작은 봉투였다. 안에 조그맣고 얄팍한 물건이들어 있는 것 같았다.

"뜯어 봐. 안에 뭐가 들었나."

새미가 재촉했다. 유나는 봉투를 뜯고 안에 든 것을 꺼냈다. 새미의 얼굴이 활짝 펴졌다.

"열쇠다. 저 사물함 열쇠일지도 모르겠다."

새미는 재빨리 유나의 손에서 열쇠를 잡아채서는 곧장 첫 번째열 일곱 번째 칸 사물함에 열쇠를 꽂았다.

"꼭 맞아."

유나를 한번 돌아본 다음 새미는 열쇠를 돌렸다. 하지만 사물함문을 열어젖히고는 어리둥절한 표정을 지었다.

"저게 뭐지?"

유나는 발돋움해서 사물함 안을 들여다보았다. 반짝이는 형체가 눈에 들어왔다. 하얀 물체가 사물함 안에서 빛을 내고 있었다.

"반짝이는 돌이야."

주먹만 한 크기의 발광석이었다. 새미가 돌을 꺼내니 빛이 곧 사그라졌다. 돌은 어두운 상자에서 나와 불빛을 받자 더는 반짝이지 않고 은백색을 띠었다. 새미가 돌을 유나에게 건넸다. 유나는 손바닥에 돌을 조심스럽게 올려놓고 바라보았다.

"이런 돌은 처음 봐."

"다면체 모양이야. 그렇다면……."

"폴리헤드런?"

유나의 눈이 휘둥그레졌다. 새미가 재빨리 돌을 살펴보았다.

"정오각형 면이야. 하나, 둘, 셋…… 열두 개, 정십이면체야. 도데카헤드런!"

두 사람은 눈이 마주쳤다. 반짝이는 돌은 정오각형 면이 열두 개인 정십이면체 모양이었다. 바로 강해를 상징하는 도데카헤드런. 「아테네 학당」에 숨겨져 있던 다면체 이미지와도 같았다. 유나는 들뜬 목소리로 말했다.

"그 그림에 있던 것과 비슷해. 아무래도 강해 오빠를 상징하는 물건 같지?"

"그래 보여. 그런데 이런 굿즈 본 적 있니?"

"아니, 본 적 없어. 한정판일 수도 있지. 혹시 강해 오빠 물건은 아닐까?"

"도데카 오빠 것? 그럼 그게 왜 여기 있어?"

"그러게……."

도데카헤드런—정십이면체 돌

유나는 돌을 보며 고개를 갸우뚱했다. 다면체 돌을 찾고서 마치 강해를 만난 듯이 기뻤지만 한편으로는 강해에게 좋지 않은 일이라도 생긴 것만 같아서 걱정이 되었다. 유나는 돌을 어두침침한 구석으로 가져가 보았다. 그랬더니 다면체 돌은 다시 빛을 내며 반짝거렸다. 신기한 눈으로 반짝이는 돌을 보던 유나가 속삭였다.

"돌이 우주의 기운을 뿜어내는 거 같지 않아?"

"정말 그래. 정십이면체는 우주를 상징한다고 했어. 도데카 오빠 노래에도 나오잖아."

고대 그리스 철학자들은 세상을 구성하는 물질의 근원을 물, 불, 흙, 공기라는 네 원소로 규정했다. 플라톤이 이 네 가지 기본 요소에 우주를 포함해서 다섯 가지 입체도형과 연결시켰다. 이를 '플라톤의 입체도형'이라고 부른다. 가장 단순하고 날카로운 정사면체는 불, 안정적인 모양의 정육면체는 흙, 바람개비처럼 생긴 정팔면체는 공기, 가장 둥근 모양의 정이십면체는 유동적인 물을 상징했다. 정십이면체는 열두 별자리와 연결 지어 우주를 상징하는 도형으로 보았다.

정다면체란 모든 면이 서로 합동인 정다각형이고 각 꼭짓점에 모인 면의 수가 같은 볼록다면체를 말한다. 정삼각형으로 정사면체, 정팔면체, 정이십면체를 만들 수 있으며 정사각형으로는 정육면체, 그리고 정오각형으로는 정십이면체를 만들 수 있다. 그래서 정다면체는 정사면체, 정육면체, 정팔면체, 정십이면체, 정이십면

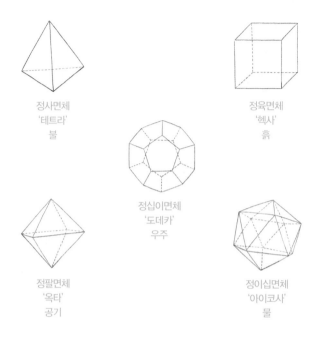

정사면체
'테트라'
불

정육면체
'헥사'
흙

정십이면체
'도데카'
우주

정팔면체
'옥타'
공기

정이십면체
'아이코사'
물

체 이렇게 다섯 가지뿐이다. 폴리헤드런 팬들은 대부분 잘 알고 있는 내용이다.

아이돌 그룹 폴리헤드런의 리더 강해는 도데카헤드런으로 정십이면체를 나타내고 우주를 상징한다. 나머지 멤버들로는 정사면체를 나타내고 불을 상징하는 테트라, 정육면체를 나타내고 흙을 상징하며 큐브로도 불리는 헥사, 정팔면체를 나타내고 공기를 상징하는 옥타, 정이십면체를 나타내고 물을 상징하는 아이코사가 있다.

도데카헤드런—정십이면체 돌

폴리헤드런 공연에는 이와 같은 도형의 특성을 살린 다면체 형태들로 꾸며진 무대에 불, 공기, 물, 흙, 우주를 나타내는 소품들이 사용된다. 폴리헤드런 멤버들 중에 삼각형으로 만들 수 있는 정사면체, 정팔면체, 정이십면체를 나타내는 테트라, 옥타, 아이코사는 현재 유닛 활동도 하고 있다. 또 정오각형으로 만들 수 있는 정십이면체의 도데카, 정사각형으로 만들 수 있는 정육면체의 헥사는 각각 솔로 활동도 한다.

폴리헤드런 팬이라면 이 정도는 다 알고 있다. 유나도 폴리헤드런 팬이 된 후 자연스럽게 다섯 정다면체에 대해 알게 되었다. 반대로 새미처럼 수학을 좋아해서 폴리헤드런의 팬이 된 경우도 있다. 특히 새미는 강해가 수학 동아리 선배였기 때문에 더욱 빠져들게 되었다.

"그나저나 누가 이걸 갖다 놨을까? 유나 네가 도데카 오빠 팬인 걸 알고 그랬나? 누군지 모르겠어?"

새미가 정십이면체 돌과 유나의 얼굴을 번갈아보며 물었다. 유나는 고개를 저었다.

"몰라. 도대체 누구지?"

은백색 다면체 돌은 모양도 특이한 데다 어두운 곳에서는 빛을 내니 볼수록 신비했다. 유나가 돌을 보며 말했다.

"이 돌이 강해 오빠와 관계있는 건 분명해. 그렇지?"

"맞아. 이제 생각을 좀 정리해 보자."

새미는 눈을 몇 번 깜박거리며 생각을 해 보더니 입을 열었다.

"유나 너한테 아테네 학당, 그러니까 수수께끼 그림을 보낸 사람이 다면체 돌을 여기다 뒀고, 이 돌은 폴리헤드런 도데카를 상징하는 물건이다. 그런데 도데카 오빠는 며칠째 실종 상태이다."

"또 한 가지! 그림 파일을 보낸 사람은 수학 캠프에 참가했었다."

유나 말에 새미도 고개를 끄덕였다.

"유나 네가 수학 캠프 연극에서 유클리드 역할을 맡은 것도 알고 있는 애야. 그러니까 유클리드에 투영도를 그려 넣고 장소를 알려 줬겠지."

"내 아이디도 알고 있어."

"아이디야 대화방에서 쉽게 찾을 수 있으니까. 참, 보낸 사람 아이디 기억나? 스펠링이 어떻게 돼?"

"음…… t, a, r…… t, a, g, l, i, a."

유나가 스펠링을 불러 주자 새미는 고개를 갸웃거렸다.

"타르…… 탈리아? 타르탈리아 같은데……."

"타르탈리아? 그게 누군데?"

유나는 눈을 동그랗게 뜨고 새미를 쳐다보았다. 새미가 휴대 전화를 열며 말했다.

"수학자야. 나도 자세히는 모르겠어. 한번 검색해 보자."

두 사람은 각자 휴대 전화로 타르탈리아를 찾아보았다. 유나가 먼저 입을 열었다.

"타르탈리아……. 네 말이 맞네. 이탈리아 수학자. 삼차 방정식을 푸는 방법을 발견했다. 근데 원래 이름은 타르탈리아가 아니네. 니콜로 폰타나인데?"

"별명이 이름이 되었다. 말더듬이……."

"말더듬이? 아, 여기 나온다. 타르탈리아는 말더듬이라는 뜻이다. 어릴 때 프랑스군이 마을에 쳐들어왔을 때 군인에게 턱과 입을 다쳤다. 이 때문에 언어 장애가 생겨 말을 더듬게 되어 타르탈리아라는 별명을 얻었다. 말 더듬는 수학자로 유명하다."

유나가 인터넷에 나온 설명을 읽자 새미는 말했다.

"기억났다! 타르탈리아는 방정식 스캔들로 유명한 수학자야."

"방정식 스캔들?"

"삼차 방정식 해법을 누가 먼저 알아냈는지 크게 논쟁이 붙어서 시합까지 벌어졌거든."

새미도 인터넷에서 찾은 대목을 읽기 시작했다.

"1535년 이탈리아 볼로냐의 페로가 삼차 방정식 해법을 알아낸 것을 계기로 방정식 해법에 경쟁이 붙었고, 타르탈리아가 중요한 해법을 발견했다. 그런데 밀라노의 수학자 카르다노가 그 해법을 훔쳐 자신의 책에 발표해 버렸다. 그러자 방정식 해법이 누구의 것인지 논쟁이 붙었고, 타르탈리아는 다른 수학자들과 방정식 문제로 공개 시합까지 붙었다……."

새미는 설명을 읽다가 문득 생각난 것을 말했다.

"우리 동아리에도 그런 애들 있어. 동아리 모임이나 대화방에서 방정식 문제를 가지고 시합을 벌이는 애들. 우리 수준에 얼토당토 않게 어려운 문제를 일부러 찾아서 내는 애들도 있어."

"수학 캠프에서도 방정식 문제 풀기 시합 있었잖아. 수학 골든 벨 퀴즈 대회에서도 방정식 문제 많이 나왔었고. 너는 상품도 탔지?"

유나는 수학 캠프에서의 일을 떠올렸다. 새미는 비록 골든벨을 울리지는 못했지만 퀴즈 대회에서 여러 문제를 맞혀서 컴퓨터 외장 하드, 보조 배터리 같은 푸짐한 상품을 받았다. 그때 문득 이런 생각이 떠올랐다.

"그런데 수학 캠프 연극에 타르탈리아 역할은 없었잖아."

유나는 연극에 참여했던 아이들의 얼굴을 떠올려 보았다. 십이 면체 돌을 줄 만한 사람은 딱히 떠오르지 않았다. 하얀 돌을 물끄러미 보았다. 강해의 얼굴이 겹쳤다. 강해는 어떻게 된 걸까? 이 돌은 강해와 무슨 관련이 있는 것일까? 돌을 여기 놔둔 사람은 강해에 대해 뭔가 알고 있는 게 아닐까? 유나와 새미는 십이면체 돌을 가지고 청소년수련원을 나왔다.

최초의 방정식

우리 폴리헤드런의 팬이라면 다 알겠지만 나는 수학을 꽤 좋아해. 특히 나는 미지수 x의 해를 구하는 방정식을 제일 좋아하지. SNS에 방정식 문제를 내고 팬들이 답을 구해 댓글로 달면 내 팬들과 특별한 방식으로 교감하고 있다는 생각에 짜릿한 기분이 들어. 그런데 이 방정식의 역사가 얼마나 오래 되었는지 아니? 내가 얼마 전 책에서 본 내용을 간단히 알려 줄게. 도데카의 팬이라면 이 정도는 알고 있어야지!

4세기경 디오판토스가 처음 문자와 기호를 사용하여 방정식을 만들고 대수학을 발전시켰다고 앞서 말했어. 그렇다고 해서 방정식이 그 이전에 전혀 없었던 것은 아니야. 디오판토스가 처음 기호를 사용해 방정식 이론을 다루었던 것이고, 그 훨씬 전부터 세계 여러 지역에서 방정식 문제가 많이 전해져 왔어.

세계에서 가장 오래된 수학책은 기원전 1700년경 파피루스에 쓴 수학책으로 알려져 있어. 고대 이집트의 서기였던 아메스가 써서 『아메스의 파피루스』라고 불리고 있어. 파피루스는 인류가 맨 처음 만든 종이로, 영어로 페이퍼의 어원이 된다고도 해. 『아메스의 파피루스』

는 폭 30cm, 길이 5.5m의 파피루스 두루마리에 수학 문제 85개가 이집트 상형문자로 적혀 있어. 수의 연산과 면적, 부피 구하기 등 실용적인 문제를 다루었는데 고대 이집트의 수학에 대해 파악할 수 있어. 이와 같은 이집트 수학이 거대한 피라미드의 건축에도 활용된 것을 짐작할 수 있게 해.

이 파피루스에는 방정식 문제도 11개 나와 있어. "어떤 수와 그것의 7분의 1을 합한 것은 19이다." 또는 "어떤 수에 그것의 3분의 2, 그것의 2분의 1, 그것의 7분의 1을 더했더니 37이 되었다. 어떤 수는 얼마인가?"와 같은 문제들이지. 모르는 어떤 수를 x로 하고 식을 만들면 다음과 같은 방정식이 돼. 앞서 풀어 봤던 문제와 비슷하지?

$$x + \frac{2}{3}x + \frac{1}{2}x + \frac{1}{7}x = 37$$

동양의 방정식

우리나라에서도 일찍이 방정식을 다루었어. 동양에서 가장 오래된 수학책 중에 『구장산술』이 있는데, 약 2천 년 전에 중국에서 쓰였어. 지은이는 알 수가 없고 263년 중국의 유휘가 엮은 것이 전해지고 있어. 이 책은 삼국시대에 우리나라에 전해져 조선 때까지 기본 수학 교재로 오랫동안 쓰였어. 『구장산술』은 제목에서 알 수 있듯이 모두

9개의 장으로 되어 있고 246개의 문제가 나와. 토지 측량과 곡식 수확량, 가축과 물물 거래, 토목과 건축 등 실제 생활에 활용할 수 있는 문제들을 다루고 있어. 제8장이 '방정'인데 모두 18개의 방정식 문제가 나와 있어. '방정'이라는 용어가 지금 우리가 사용하는 말과 같지?

그럼 8장의 첫 번째 문제를 한번 볼까? 한자로 적힌 문제를 다음과 같이 이해하기 쉽게 말로 풀어 봤어.

"상급벼 3단, 중급벼 2단, 하급벼 1단을 탈곡하여 벼 39말을 수확했고, 상급벼 2단, 중급벼 3단, 하급벼 1단에서 34말을, 상급벼 1단, 중급벼 2단, 하급벼 3단에서 26말을 수확했다. 그렇다면 상급, 중급, 하급의 벼 1단에서 수확할 수 있는 양은 각각 얼마인가?"

곡식의 수확량을 다루는 문제인데 방정식을 활용하고 있어. 상급벼, 중급벼, 하급벼를 각각 x, y, z로 하면 다음과 같이 방정식을 만들 수 있어. 미지수가 3개인 방정식이 3개 만들어졌지. 연립 방정식 문제야.

$$3x + 2y + z = 39$$
$$2x + 3y + z = 34$$
$$x + 2y + 3z = 26$$

자, 그런데 오래된 방정식 문제를 떠올리면 '노새와 당나귀 문제'를 빼놓을 수 없어. 그리스 시화집에 나오는 이 문제는 엄청 유명하거든.

노새와 당나귀가 무거운 자루를 지고 가네.
당나귀가 짐이 무겁다고 한탄을 하자 노새가 말했지.
네 짐 한 자루를 내 등에 옮기면 내 짐은 너의 배가 된다네.
내 짐 한 자루를 네 등에 옮기면 너와 내 짐은 같지.
노새와 당나귀의 짐은 몇 자루인가?

노새의 짐을 x자루, 당나귀의 짐을 y자루라고 하면,

$$x + 1 = 2(y - 1)$$
$$x - 1 = y + 1$$

노새와 당나귀 문제는 인도에서 전래되었다고 해. 인도에서는 오래전부터 다양한 유형의 방정식이 많이 만들어졌어. 인도에서는 일찍이 오늘날 우리가 쓰는 십진법 숫자를 만들었고 이는 이후 대수학의 발전에 크게 기여했지.

인도에서 가장 오래된 수학 기록은 힌두교 경전에서 찾을 수 있어. 산스크리트어로 쓴 경전에서 제단을 건축하거나 의례 규칙을 다루면서 수학이 활용되었지. 그리고 운율을 지닌 시의 형태로 써서 압축적인 약어와 기호가 사용되었을 뿐만 아니라 십진법 체계의 숫자를 썼

어. 이것이 수학에도 영향을 끼쳐 숫자와 기호를 사용하고 방정식을 연구하여 대수학을 발전시킬 수 있었던 거야.

인도의 대수학은 아라비아에 전파되어 더욱 발전을 이루었어. 9세기 이슬람의 수학자이자 천문학자인 알 콰리즈미가 대수학에 관한 책을 써서 방정식에 관하여 체계적인 해법을 다루고 정착시켰어. 이 책의 제목을 줄여서 『대수학*Algebra*』이라고 부르는데 오늘날 '대수학'을 뜻하는 단어가 되었지. 그리고 '알고리즘'이라는 용어도 알 콰리즈미의 이름에서 땄다고 해. 그의 이름이 유럽에 전해질 때 알고리즈미(Algorismi)로 표기하면서 유래했거든. 알 콰리즈미는 방정식 해법을 제시하고 대수학을 개척하여 디오판토스와 더불어 '대수학의 아버지'로 불리고 있어.

잠깐, 이야기를 마치기 전에 앞서 나왔던 방정식 문제들을 풀어 봐. 이야기를 하다 보니 미처 풀지 못했네. 답을 구한 사람은 내 SNS에 댓글로 달아 줘!

3부
수수께끼 악보와 숫자

석모도 다리에서 만나다

토요일 아침 일찍 집을 나선 유나와 새미는 버스를 타고 섬의 반대편으로 향했다. 강화도를 관통한 버스는 서쪽 해안을 달리기 시작했다. 차창 밖으로 해안 풍경이 펼쳐졌다. 아침 안개가 걷히자 드넓은 갯벌 끝자락에 서해 바다가 보였다. 여러 강줄기가 휘돌아 가며 만드는 동쪽 연안의 풍경과는 사뭇 달랐다. 시야가 넓고 가슴이 탁 트였다.

해안 마을로 향하는 자동차들이 이른 아침부터 많았다. 해안가 돈대와 삼별초항쟁비를 굽이돌아 가니 바람에 젓갈 냄새가 잔뜩 실려 왔다. 외포리 수산 시장을 지나니 저만치 바다 위에 우뚝 서 있는 거대한 다리가 눈에 들어왔다. 석모대교가 바다를 가로지르며 쭉 뻗어 있었다. 다리 건너편 석모도가 더욱 가까이 보였다.

둘은 외포리 선착장에서 내렸다. 선착장 주변은 아침부터 몰려든 사람들로 발 디딜 틈이 없었다. 오늘은 석모대교가 개통하는 날이다. 석모대교 걷기 대회와 해변 마라톤 대회 같은 기념행사도 열린다. 대회 참가자만도 천여 명에 이르는데 강화 특산물 장터까지 열려서 선착장은 인파로 북적였다.

"와아, 사람 엄청 많다. 아이돌 팬들도 많아. 혹시 폴리헤드런 오는 거 아닐까?"

새미가 주위를 돌아보며 말했다. 유나도 기대에 찬 눈으로 행사를 준비하는 무대를 올려다보았다. 무대 주변에 아이돌 팬들이 바글바글 몰려 있었다. 예정되어 있었던 폴리헤드런의 축하 공연은 어제 갑작스레 취소되었다. 강해 때문에 모두들 어느 정도 예상은 했었다. 그래도 팬들은 혹시나 하는 마음에 행사장에 나와서 기다렸다. 유나와 새미도 같은 마음이었다.

새미가 행사 무대를 가리키며 말했다.

"이제 시작하나 보다."

치어리더 공연과 아이돌 그룹 공연이 이어졌다. 하지만 폴리헤드런은 나오지 않았다. 공연이 끝나자 마라톤 대회가 시작됐다. 참가자들은 준비 체조를 하고 선착장을 출발해 바닷바람을 맞으며 외포리 남쪽 해안을 달렸다. 걷기 대회 참가자들은 그 반대쪽 해안을 걸어서 석모대교를 건넜다가 돌아온다.

폴리헤드런 팬들은 대회에 참가하지 않고 무대 옆에 모여 있었다. 잠시 후 걷기 대회 참가자들이 다리를 건너서 되돌아오기 시작하자 팬들은 하나둘 행사장을 빠져나갔다. 주변을 서성거리던 유나와 새미도 발길을 돌렸다. 더 기다려 봐야 강해나 다른 폴리헤드런 멤버들은 나타나지 않을 것 같았다. 그때 새미가 누군가를 발견하고는 손을 번쩍 들고 소리쳤다.

"준수야!"

사진을 찍고 있던 준수가 돌아보았다. 새미와 같은 수학 동아리 회원인 준수는, 유나와도 초등학교 동창이어서 서로 아는 사이다. 준수가 다가오자 새미가 말을 걸었다.

"너도 다리 걷기 대회 참가했어?"

"아니. 다리 구경만 하고 왔어. 참가 신청 안 한 사람은 다리 못 건너게 하더라."

준수는 다리 앞에서 사진만 찍고는 돌아오는 대열을 따라서 돌아왔다고 했다. 그래도 다리 개통하기 전에 한 번 건너가 본 적이 있어서 아쉽지는 않다며.

"너네는? 폴리헤드런 보러 왔어?"

"응. 학교에서 강해 오빠 소식 들은 거 없어?"

유나가 물었다. 준수는 강해가 졸업한 강화중학교에 다닌다. 비록 강해를 만난 적은 없어도 학교 선배들에게서나 수학 동아리에서 강해 얘기를 많이 들어 왔다. 강해는 수학 실력이 뛰어나 학교

대표로 수학 경시대회에 나가서 상을 받기도 했다고 했다.

"강해 형 소식은 우리도 몰라. 실종됐다는 거 정말일까? 우리 학교 애들도……."

갑자기 주위가 소란스러워지자 준수는 말을 끊었다. 세 사람은 소리가 나는 쪽을 돌아봤다. 행사장에 있던 폴리헤드런 팬들이 우르르 어딘가로 몰려가고 있었다. 멀찌감치 흰색 승합차 한 대가 팬들에 둘러싸여 있는 것이 보였다. 키가 큰 새미가 고개를 한껏 쳐들고 앞을 살피더니 소리쳤다.

"헥사 지오야. 저 차에 헥사 오빠 있어."

폴리헤드런 멤버 지오가 차 안에서 고개를 내밀고 몰려든 팬들에게 손을 흔들고 있었다. 지오 혼자 행사장에 나타난 것이다. 강해와 동갑인 지오는 멤버들 중에서 강해와 가장 친하다고 알려져 있었다. 혹시 강해가 나타날까 싶어서 유나는 새미의 손을 잡아끌었다.

"우리도 가 보자."

하지만 팬들이 잔뜩 모여 있어 그쪽 근처에도 갈 수가 없었다. 잠시 후 승합차는 행사장을 서서히 빠져나갔다. 헥사 지오가 떠났는데도 팬들은 흩어질 줄을 몰랐다. 그 때문에 뒤따라가던 검은 승용차 한 대가 앞이 가로막혔다. 한 남자가 인상을 쓰면서 운전석에서 내렸다. 그는 차를 막고 있는 여학생들에게 비키라고 삿대질을 해 댔다. 경호원들도 나와서 밀쳐 댔으나 팬들은 한사코 물러나지 않았다. 유나는 그 모습을 못마땅한 표정으로 지켜보며 입을 비죽 거렸다.

"그래도 팬들인데 너무 함부로 대하는 거 아니야? 강해 오빠가 알면 뭐라고 하겠어?"

"어? 저 사람, 전에 도데카 오빠 매니저였는데?"

새미가 검은 승용차에서 내린 남자를 가리켰다. 유나는 남자를 쳐다보며 말했다.

"박기태 실장이네. 강해 오빠 매니저였는데 지금은 소속사 기획 실장이야. 강해 오빠 노래, 저 사람이 작곡했어."

"그래? 작곡은 저 사람이 했구나."

"예전에 유명한 가수였대. 자작곡도 몇 곡 있고."

강해에 관한 것이라면 줄줄 꿰고 있는 유나는 강해가 데뷔했을 때부터 매니저였던 박기태에 대해서도 잘 알고 있었다. 박기태는 가수 활동을 그만두고 기획사에서 아이돌을 양성하는 일을 하다 가 폴리헤드런의 담당 매니저가 되었다. 요즘은 강해의 노래를 만 들고 있다고 했다.

"싱어송라이터였나 보네. 그런데 헥사 오빠와 박기태는 여기 왜 왔을까?"

새미는 앞을 보려고 발돋움을 했다. 박기태 얼굴을 알아본 팬들 이 그를 더욱 에워쌌다. 박기태의 얼굴에 짜증이 가득했다. 준수는 그 얼굴을 보며 고개를 갸우뚱했다.

"저 사람…… 어디서 봤더라?"

얼굴이 낯설지 않았다. 어디선가 본 적이 있는 듯했지만 생각이
잘 나지 않았다. 팬들을 째려보는 남자의 눈매가 날카로웠다.

'저 눈빛. 어디서 봤더라?'

승용차 앞에 서 있던 박기태가 셔츠 윗주머니에서 선글라스를
꺼내 썼다. 그러자 준수의 미간이 움찔했다.

"아!"

준수의 어깨에 묵직한 느낌이 전해져 왔다. 그와 어깨를 부딪쳤
던 일이 비로소 생각났다. 석모도에 갔을 때 봤던 남자였다. 그때
도 지금처럼 선글라스를 윗주머니에서 꺼내 썼다.

보름 전쯤 준수는 친구들과 석모도에 갔었다. 여름이면 배를 타
고 석모도로 가서 캠핑을 했는데 이제 다리가 생겨 자전거를 타고
도 쉽게 갈 수 있게 된 것이다. 그날 준수는 친구들과 자전거를 타
고 외포리 해안을 돌아서 석모대교로 갔다. 그런데 그때 다리 앞에
놓인 바리케이드 앞에서 경비원이 검은 승용차를 제지하고 있는
광경이 눈에 들어왔다.

"못 갑니다. 차량은 못 건너가요."

경비원과 실랑이를 벌이던 운전자는 결국 자동차를 세우고 내
렸다. 준수는 자전거를 멈추고 앞을 살폈다. 경비원은 허리에 손을
얹고 험상궂은 눈으로 준수 일행을 쳐다보더니 건너가라는 손짓
을 했다. 다리는 아직 개통이 안 되어 시범 통행을 하고 있었는데

차량은 통제했지만 자전거와 사람은 통행이 허가되었다.

준수와 친구들은 자전거를 타고 다리를 건너갔다. 차에서 내린 남자도 인상을 쓰며 선글라스를 꺼내 쓰고는 걸어서 다리를 건너기 시작했고 그 옆을 준수가 자전거 페달을 힘차게 밟으며 지나쳐 갔던 것이 기억났다.

다리를 건너 석모도에 들어가서 해안도로를 따라 신나게 달렸다. 그러다가 나루터에서 하얀 돛을 단 멋진 요트를 보았다. 사진 찍기를 좋아하는 준수는 가까이 가서 사진을 여러 장 찍었다. 그때 선글라스를 쓴 그 남자가 다가왔다. 그는 선글라스를 벗고 손수건으로 땀을 닦으며 사진을 찍는 준수를 쏘아보았다. 날카로운 눈매가 위협적이어서 준수는 움찔하며 뒤로 물러났다. 남자는 준수의 몸이 휘청할 정도로 어깨를 세게 부딪치며 요트 앞으로 걸어갔다. 요트는 그를 태우더니 출발했다. 준수는 사진을 또 찍었다. 요트는 하얀 돛을 세워 바람을 맞으며 섬돌모루 방향으로 사라졌다.

돌섬에 갇힌 날

준수는 휴대 전화에서 사진을 찾아 새미와 유나에게 보여 주었다. 요트를 탄 남자는 박기태가 분명했다. 그때 찍었던 다른 사진들도 함께 있어서 휘리릭 넘겨보았다. 사진을 보면서 그날 돌섬에 갔던 일이 다시 떠올랐다.

"어휴, 그때 일을 생각하면……."

준수가 몸을 떠는 시늉을 하며 그날 일을 둘에게 털어놓았다. 석모도 앞 돌섬에서 있었던 일을 생각하면 준수는 아직도 가슴이 떨려 왔다. 조수가 밀려들어 돌섬이 다 잠겨 버릴 뻔한 위험천만한 일을 겪었던 것이다.

나루터에서 박기태를 태운 요트가 사라진 뒤 준수와 친구들은 자전거를 타고 석모도를 돌아보았다. 해안길이 잘 닦여 있어 자전거 타기에 좋았다. 강화도에 딸린 섬이라도 석모도는 산이 여럿 있을 만큼 규모가 있고 신라 시대에 창건한 사찰도 있다. 섬을 한 바퀴 돌았을 즈음 준수는 바닷가에서 나룻배를 보았다.

"저거 타 볼래?"

준수 말에 다들 배를 신기해하며 타 보자고 했다. 해안가에서 외딴 돌섬을 오가는 작은 나룻배였다. 어부와 갯바위 낚시꾼들이 주로 타는 배인데, 노가 없고 줄을 잡아당겨 움직이기 때문에 '줄배'라고도 불렀다. 그날은 조수 간만의 차가 큰 날이어서 해안가에 주의보가 내려졌지만 아이들은 노는 데 정신이 팔려 개의치 않았다. 작은 배에 옹기종기 올라타고 다 함께 줄을 잡아당기자 배가 조금씩 움직였다. 물살에 배가 흔들려도 모두들 키득대며 마냥 즐거워했다.

나룻배가 돌섬에 닿자 준수 일행은 배에서 내려 바위에 올랐다. 건너편에서 볼 때는 돌섬이 높아 보였는데 그새 물이 차서 꼭대기가 낮아져 쉽게 올라갈 수 있었다. 돌섬 정상에 오르니 바다와 주변 섬들이 두루 보였다. 바위에서 내려와서는 누가 먼저랄 것도 없이 웃통을 훌훌 벗고 바닷물에 뛰어들었다. 더운 날씨에 자전거도 타고 돌섬 꼭대기까지 오르느라 모두들 땀범벅이 되었던 것이다.

그런데 헤엄치고 노는 동안 바닷물은 점점 더 차올랐다. 벗어 놓은 옷과 소지품이 물에 젖고 한 친구의 휴대 전화가 물에 빠지기도 했다. 그제야 다들 젖은 옷을 황급히 입고 줄배가 있는 곳으로 뛰어갔다. 울퉁불퉁한 바윗돌을 딛고 뛰다가 넘어져 다리를 다친 아이도 있었다. 다친 친구를 부축하고 가 보니 타고 왔던 줄배가 사라지고 없었다. 혹시 물에 떠밀려 갔나 싶어 둘러보는데 누군가 건너편을 가리켰다.

"저쪽에 있어."

줄이 연결된 건너편에 배가 어렴풋이 보였다.

'왜 배가 저기 있지? 누가 타고 나갔나?'

준수는 돌섬에 올라왔을 때 누군가 바위 뒤편 그늘진 곳에 서성이고 있었던 것이 떠올랐다. 누군가 몸을 숨기고 지켜보다가 아이들이 다가오자 모습을 감추었다. 그 사람이 줄배를 타고 간 걸까……?

"가방을 배에 뒀는데 어떡해. 전화기도 있는데…….."

준수는 울상을 지었다. 애초에 나룻배만 타 보자고 했던 것이라 금방 배로 돌아올 생각에 휴대 전화가 든 가방을 배에 뒀던 것이다. 그런데 돌섬 꼭대기에 올라갔다 헤엄치고 놀기까지 했다. 이제와 후회해도 배는 떠나고 없었다.

"오늘 대조기라고 했어."

누군가 말했다. 강화도는 조수 간만의 차가 심한 섬이다. 밀물이 들어올 때는 해수면이 5미터 이상 상승할 때도 있어서 바닷가나 갯벌에 나갈 때는 조심해야 한다. 더구나 그날은 밤에 슈퍼문이 뜨는 날이라 바닷물이 특히 많이 들어왔다. 그런데도 배를 타고 아무도 없는 돌섬에 왔으니, 준수는 돌섬을 빠져나갈 걱정과 어른들께 야단맞을 생각에 한숨이 절로 나왔다.

아이들은 건너편 나루터를 하염없이 바라보았다. 줄배를 타고 건너와 줄 사람이 아무도 없었다. 주변 갯바위에서 낚시하는 사람들도 보이지 않았다. 꼼짝없이 돌섬에 갇히고 만 것이다. 휴대 전화도 배에 두었거나 이미 물에 젖어서 도움을 요청하거나 연락할 방법도 없었다. 바닷물이 점점 더 밀려들어 와 서 있는 곳까지 물이 차올랐다. 위로 위로 올라가 봤지만 안전해 보이지 않았다. 돌섬 전체가 물에 다 잠길 것만 같았다.

모두들 젖은 채로 몸을 떨었다. 해거름도 다가와 두려움에 더욱 몸이 떨렸다. 바닷물이 발밑까지 차오르고 있었다. 곧 돌섬이 다 잠겨 버릴 것 같았다. 해가 뉘엿뉘엿 넘어갈 무렵, 때마침 누군가 보트를 타고 나타났다. 돌섬 주변을 지나가다 아이들을 발견하고 구조하러 온 것이다.

배가 있는 곳에 돌아와 보니 가방과 휴대 전화는 배에 그대로 있었다. 세워 뒀던 자전거만 사라지고 없었다.

"아, 생각났다!"

준수 이야기를 듣고 있던 새미가 느닷없이 손뼉을 치더니 유나의 팔을 흔들며 말을 이었다.

"유나야, 생각났어. 타르탈리아가 누군지!"

"누군데?"

유나는 눈을 동그랗게 뜨고 새미를 보았다. 새미는 준수를 향해 물었다.

"너희 학교에 수학 잘하고 말 더듬는 애 있지? 작년에 네가 수학 동아리에 데려온 애 있잖아."

"벼리?"

준수가 되물으며 새미를 보았다.

"그 애 이름이 벼리니? 걔 작년 수학 캠프에도 참가했지?"

"수학 캠프에 참가하긴 했었지. 중간에 가 버렸지만. 그런데 벼리는 왜?"

"누군가 유나한테 그림 파일을 보냈는데, 벼리 같아서. 유나 너는 그 애 생각 안 나?"

유나는 고개를 저었다.

"생각 안 나. 수학 동아리 애들은 내가 잘 모르잖아. 그럼 이 돌을 준 사람도 그 애일까?"

유나는 가방에서 하얀 다면체 돌을 꺼내 준수에게 보여 주었다.

"다면체 모양이네. 폴리헤드런 굿즈야? 근데 벼리가 이 돌을 줬다고?"

"확실하진 않아."

"이상하네. 벼리가 폴리헤드런 굿즈 같은 걸 갖고 있지는 않을 텐데. 또 왜 너한테 이걸 줬을까?"

준수와 같은 반인 최벼리는 수학에 뛰어났다. 준수가 수학 동아리에 데려갔지만 내성적인 벼리는 동아리 아이들과 잘 어울리지 못했다. 작년 수학 캠프에 같이 갔을 때도 끝까지 참여하지 않고 가버렸다. 벼리는 친구가 거의 없었지만 준수하고는 친한 편이었다. 둘 다 자전거 타기를 좋아해 같이 자전거를 타고 강화도 여기저기를 돌아다니기도 했다. 지난번 석모도에도 벼리가 같이 갔었다.

"준수야, 벼리한테 물어봐 줄래? 이 돌을 나한테 줬는지 말이야. 어제 메시지 보냈는데 답이 없더라."

유나는 어제 타르탈리아에게 메시지를 보냈다. 청소년수련원에서 다면체 돌을 찾았다고. 하지만 아직까지 답장이 없었다.

"그래? 지금 벼리한테 물어볼까? 전화를 받을지 모르겠네."

준수는 벼리에게 전화를 걸었다. 예상대로 벼리는 전화를 받지 않았다. 벼리는 말을 더듬기 때문에 웬만해선 통화를 하지 않으려 한다. 그래서 할 말이 있으면 메시지를 주고받는 편이었다. 준수는 벼리에게 메시지를 보냈다.

나를 찾아 줘, FIND ME

"그만 가자."

유나는 걸음을 옮겼다. 어느덧 해가 하늘 높이 올라갔고 햇볕도 뜨거워졌다. 박기태 실장도 폴리헤드런 팬들도 행사장을 떠났다. 마라톤 주자들이 속속 들어오기 시작하면서 행사장은 시상식 준비로 부산해졌다. 선착장을 나오니 벅적거리는 장터에는 인삼, 새우젓 같은 강화 특산물이 팔리고 있었다. 대회 참가자에게는 강화 특산물을 기념품으로 준다고 했다. 세 사람은 장터를 기웃거리며 버스 정류장으로 향했다.

버스가 한참 동안 다니지 않았다. 마라톤 주자들이 아직 달리고 있어서 도로가 통제 중이었다. 뒤처진 주자들은 힘겹게 뛰고 있었

는데 다리를 절뚝이며 뛰는 사람도 있었다. 모두 완주 의지가 대단
해 보였다. 주자가 지나갈 때마다 도로 밖에서 지켜보고 있던 사람
들이 박수를 쳐 주었다. 새미와 준수도 박수를 힘껏 쳤다. 유나는
고개를 내밀고 도로를 바라보며 중얼거렸다.

"버스가 언제 오려나."

버스가 올 기미가 보이지 않자 유나는 바닥에 털썩 주저앉았다.
그러고는 휴대 전화를 꺼내 강해의 블로그를 열어 보았다. 글과 사
진이 거의 날마다 올라왔었는데, 강해가 사라진 다음부터는 아무
것도 올라온 게 없었다. 휴대 전화를 들여다보며 유나는 한숨을 푹
쉬었다.

"휴우, 강해 오빠는 아무 소식이 없네. 이 악보도 얼마 전에 올린
건데, 혹시 어디선가 노래를 만든다고 잠적한 건 아닐까?"

"도데카 오빠가 새 노래 만든다는 말을 하긴 했어. 이 악보가 그
거야?"

새미가 어깨너머로 유나의 휴대 전화를 보며 말했다. 실종 뉴스
가 나기 전, 강해가 SNS에 올린 악보였다. 강해는 "새 노래를 만들
고 있어."라는 말과 함께 이 악보를 공개했다. 글 아래에는 강해가
돌아오기를 바라는 팬들의 댓글이 많이 붙어 있었고 악보에 가사
를 붙인 것도 있었다.

"여덟 마디만 있네. 오빠가 돌아와서 노래 완성되면 좋겠다."

유나는 힘없이 말했다. 새미가 악보를 보며 음계를 읽기 시작했다.

"라, 레, 시, 파, 라, 솔……. 들어 본 음악은 아니지?"

"그런 것 같아. 라, 레— 시, 파. 라— 솔. 멜로디가 괜찮은데?"

유나는 손으로 박자를 맞춰 보며 말했다. 옆에 있던 준수가 악보를 슬쩍 보고 말했다.

"강해 형 악보야? 직접 작곡한 거래?"

"그럼! 강해 오빠는 음악에 관해서는 못하는 게 없다고."

"참 너희, 악보로 암호 만드는 거 알아?"

"악보로 암호를 만든다고? 어떻게?"

유나가 눈을 동그랗게 뜨고 준수를 보았다. 그러자 새미가 알은체했다.

"마타하리 악보 같은 거 말이지?"

"마타하리? 뮤지컬 공연?"

유나는 언젠가 길에서 보았던 뮤지컬 포스터가 떠올라 이렇게 대꾸했다. 아이돌 출신 가수가 주연인 뮤지컬이었다.

"마타하리는 스파이 이름이잖아."

"스파이?"

유나가 관심을 보이자 준수가 설명했다.

"마타하리는 제1차 세계 대전 때 프랑스에서 활동했던 독일 첩보원이야. 악보를 암호로 사용한 일화는 유명해."

"어떻게 악보를 암호로 사용했는데?"

이번에는 새미가 말했다.

"음계로 암호를 만드는 거야. 음계에 알파벳을 대응시켜 암호표를 만들고, 그에 따라 단어와 문장을 만들어. 숫자를 대응시켜 비밀번호를 만들 수도 있어. 음계가 화성에 맞지 않아서 음악이 되진 못해."

새미의 말을 이해하고 유나는 고개를 끄덕였다.

"아하, 도레미파솔라시도 음계에 알파벳을 대응시킨다는 거지. 그러니까 도는 A, 레는 B, 미는 C. 이런 식으로."

"꼭 순서대로 대응하지 않아도 돼. 알파벳마다 음계를 암호로 먼저 정해 놓고 악보를 그리면 되거든. 예를 들어 A를 시, B를 파, C는 솔. 이런 식으로 암호를 정해 놓고 단어를 만드는 거야."

"별로 어렵지 않고 간단하네. 근데 악보 볼 줄 아는 사람이라면 금방 눈치챌 수 있는데도 암호 노릇을 했을까?"

"당시에는 악보 볼 줄 아는 사람이 드물었겠지. 마타하리가 보낸 암호 때문에 독일이 프랑스군 20만 명을 무찔렀대. 마타하리가 보낸 암호 내용이 '프랑스군 마르세유에서 출항'이었거든."

준수가 인터넷에서 마타하리를 검색해 보고 말했다. 불현듯 유나의 머리에 뭔가 떠올랐다.

"그런데 언젠가…… 강해 오빠도 음표에 알파벳을 붙인 적 있었어. 새미야, 생각나?"

"생각나. 그런 악보 있었어. 음표에 뜬금없이 A, B, C, D 알파벳을 써 놔서 우리가 이게 뭐지, 도데카 오빠가 되게 심심한가 보다

그랬잖아."

새미가 말하는 동안 유나는 강해의 SNS에서 알파벳이 적힌 악보를 찾아냈다.

"여길 봐. 음표에 알파벳을 순서대로 붙였어. 무슨 암호표처럼. 혹시 이것도 암호 악보 아닐까?"

"글쎄, 그럴 수도 있겠지……. 그럼 혹시 아까 그 악보도 이 알파벳 음계랑 무슨 관계가 있는 걸까?"

새미가 눈을 깜박이며 말했다. 두 사람의 대화를 듣고 있던 준수는 어이없어 하며 웃었다.

"아이돌이 무슨 비밀 첩보 요원이라도 되냐? 영화 찍는 것도 아니고……."

준수의 핀잔에도 유나는 아랑곳하지 않고 말했다.

"봐 봐. 도레미파솔라시도, 한 옥타브 음계를 팔분음표로 그린

다음 알파벳을 순서대로 붙였어. 그다음엔 이분음표와 사분음표
를 그리고 다시 알파벳을 붙였어."

유나의 말에 새미는 재빨리 강해가 실종되기 전날 SNS에 올린
악보를 다시 찾아보았다. 그러고는 음계를 읽기 시작했다.

"라, 이분음표 레, 시, 팔분음표 파, 그 다음 마디는 이분음표 라,
팔분음표 솔이야."

유나가 가방에서 종이와 펜을 꺼냈다. 두 사람은 머리를 맞대고
음계에 해당하는 알파벳을 찾았다.

"맨 처음이 '라'라고? 음…… 팔분음표 라는 F야. 그 다음 이분
음표 레는 I, 시는 N, 팔분음표 파는 D. 그럼 F, I, N, D. 어?"

유나가 손을 멈칫하며 새미를 보았다. 새미가 흥분해서 말했다.

"파인드(FIND). 단어가 되잖아! 그다음 마디는…… 라는 M, 솔
은 E. 이번엔 미(ME)! 파인드 미(FIND ME)?"

옆에서 지켜보던 준수가 미심쩍은 듯이 물었다.

"파인드 미? 나를 찾아 줘?"

"다음 것도 해 보자. 그다음 마디는……. 파, 미, 미, 레, 레. 빨리 알파벳 찾아봐."

새미의 재촉에 유나는 알파벳이 적힌 악보를 다시 보았다.

"음……. 파는 D야. 그리고 한 옥타브 높은 미는 X, X. 그다음 레는 I, 합치면 D, X, X, I, I."

"D, X, X, I, I? 이런 단어 없지?"

새미가 돌아보자 준수는 고개를 저었다.

"없을걸? 그다음 것도 해 봐. 마지막 두 마디는 뭐야?"

"라, 미, 미, 솔, 레."

"M, C, C. 그리고 L, I가 돼. 이것도 단어가 안 되는데?"

유나가 음표를 알파벳과 대조해 보고 아쉬운 표정을 지었다. 그러자 준수가 말했다.

"'파인드 미'는 장난삼아 단어를 만들어 본 걸 거야. 강해 형이 이런 수수께끼 좋아하잖아. 나 찾아봐라, 그저 장난친 말 같아."

"그런가? 암호까진 아니더라도 무슨 의미가 있을 줄 알았지……."

말은 그렇게 했어도 유나는 여전히 악보에 뭔가 뜻이 있을 거라는 생각이 들었다.

"파인드 미. 나를 찾아 줘……. 꼭 나를 도와 달라는 말로 들리지 않니? '헬프 미'처럼."

유나의 말에 새미도 비슷한 생각이 들었다. 새미는 눈을 깜박거리며 생각을 해 보다가 소리쳤다.

"아, 맞다! 모두 숫자를 나타내는 문자야!"

새미의 말을 준수는 곧 알아들었다.

"그러네! D, X, X, I, I. 모두 숫자를 나타내는 알파벳이야. 그다음 M, C, C, L, I도 마찬가지고."

유나는 무슨 소리인지 알아들을 수가 없었다.

"왜? 왜 그렇게 되는 건데?"

"아라비아 숫자가 아니라, 모두 로마 숫자잖아."

I	II	III	IV	V	X	L	C	D	M
1	2	3	4	5	10	50	100	500	1000

새미가 의기양양한 얼굴로 말했다. 준수는 고개를 끄덕였다.

"D는 오백, X는 십, I는 일을 나타내. X와 I가 각각 두 개씩이니까 22, 합치면 522가 돼."

"그다음 M은 천, C는 백……. M, C, C, L, I는 1251이야."

새미와 준수가 번갈아 가며 수를 말했다. 유나는 종이에 수를 받아 적었다.

"522와 1251이라고? 꼭 전화번호 같지 않아? 522에 1251. 앞에

010이나 지역 번호가 붙으면 말이야."

유나가 호기심 어린 얼굴로 숫자를 쳐다보며 말했다. 일곱 개의 숫자는 정말 전화번호처럼 보였다.

"정말 그럴 수도 있겠다⋯⋯. 어? 그런데 522라면 그 방정식 답 하고 같잖아."

새미가 고개를 갸우뚱했다.

"방정식?"

"도데카 오빠가 랩으로 불렀던 방정식 말이야. 느티나무 나이 구하는 문제. 지난번 유나 너도 같이 풀어 봤잖아. 그 방정식 답이 522였어."

"그래, 생각나. 522가 또 나왔네. 그렇다면 522에 무슨 의미가 있나?"

셋은 골똘히 생각에 잠겼다. 'FIND ME', 나를 찾으라는 말이 나오고 숫자가 나왔다. 과연 무엇을 뜻하는 걸까. 강해가 어떤 위험에 처한 것은 아닌지 걱정도 되었다. 게다가 유나가 갖고 있는 다면체 돌은 강해를 상징하는 물건이었다. 정말 벼리가 준 것이라면 벼리는 그 돌을 왜 가지고 있었을까. 벼리가 강해의 행적에 대해서 뭔가 알고 있을 것 같았다.

도데카헤드런의 수학 이야기:
기호의 사용과 방정식 해법의 발견

숫자와 기호의 사용

숫자나 기호를 보면 지레 겁을 먹고 멀리하는 사람들이 있지만 나는 오히려 그 반대야. 숫자와 기호로 된 수식을 보면 때와 장소를 가리지 않고 문제를 풀고 싶은 충동을 느끼거든. 그런데 말이야, 숫자와 기호를 사용하지 않는다면 어떻게 수학이 가능할까. 수식이 아니라 '더하고, 빼고, 같다'라는 말로 쓸 수밖에 없겠지. 파피루스에 나왔던 것처럼 말이야. 하지만 아무리 길고 복잡한 문장도 숫자와 기호를 사용하면 간단히 나타낼 수 있어. 악보에 쓴 음표로 아름다운 멜로디를 간단히 나타낼 수 있는 것처럼. 그렇다면 우리가 쓰는 숫자와 기호는 언제, 어떻게 만들어졌을까?

지금 우리가 사용하는 아라비아 숫자는 인도에서 처음 발명되었어. 이 숫자가 아라비아 상인들에게 주로 사용되다가 유럽에 전해졌기 때문에 아라비아 숫자라고 불리게 된 거야. 그전까지 유럽에서는 알파벳으로 표기하는 로마 숫자가 널리 쓰였어. 로마 숫자는 다섯 손가락을 의미하는 1부터 5까지를 기본으로 하여 만들었는데, 5인 V가 두 개 붙은 모양에서 10을 뜻하는 X를 만들었다고 해. 또 100을 나타내는 C는 centum(100을 뜻함)에서, M은 mille(1000을 뜻함)에서 나왔어. 이런 방식으로 2018년을 표기하면 'MMⅩⅧ'이 돼.

　로마 숫자는 자릿수마다 표기가 달랐기 때문에 계산을 할 때 몹시 불편했어. 여러 단계를 거치며 복잡하게 계산해야 했지. 그래서 이탈리아 상인들이 먼저 편리한 십진법의 아라비아 숫자와 계산법을 받아들였어. 특히 상업이 발달했던 수상 도시 베네치아에서는 산술 관련 책들도 많이 발행되어 새로운 숫자와 기호가 더욱 활발히 사용되었어. 베네치아 출신의 수도사이자 수학자 파치올리가 1494년에 쓴 저서에서 대수 방정식 풀이에 약어와 기호를 썼는데, 덧셈을 p, 뺄셈을 m으로 썼어. 그러다가 점차 '+'와 '-'로 모양이 바뀌면서 오늘날 우리가 사용하는 수학 기호가 된 거야.

　등호(=)는 어떻게 만들어졌을까? 1557년 영국의 레코드가 지은 책에서 처음 나오는데, 두 개의 평행선을 길게 써서 같다는 표시를 했어. 이것을 나중에 짧게 줄여 오늘날의 기호로 쓰게 되었어. 제곱근 기호 루트(√)는 1525년에 루돌프가 만들어 사용했는데 근을 뜻하는 단어 radix의 첫 문자에서 따와서 지금의 모양이 되었지. 그 후 17세기 영국의 오트레드가 곱셈 기호(×)를, 스위스의 란이 나눗셈 기호(÷)를 처음 만들었대.

　이렇게 수학 기호는 수 세기 동안 모양이 조금씩 바뀌어 가며 지금의 기호로 정착되었어. 이런 기호들 덕분에 대수학이 더욱 발전할 수 있었어. 특히 16세기 프랑스의 비에트가 기호를 만들고 대수학의 발전에 기여했어. 비에트는 알파벳 모음(a, e, i, o, u)을 사용하여 미지수를 나타냈어. 이것이 17세기 데카르트에 의해 더 편리하게 만들어져 오늘날의 대수학 기호로 정착된 거야. 데카르트는 『기하학』이라는 책에서 미지수를 알파벳 x, y, z로 나타냈고 상수를 알파벳 a, b, c로 나타내기 시작했어. 또 거듭제곱을 사용하여 x^2, x^3으로 표기하기도 했고.

기호의 사용으로 대수학이 발전했던 시기에 삼차 방정식과 사차 방정식의 해법도 발견되었어. 16세기에 타르탈리아, 카르다노 등 이탈리아 수학자들이 그 해법을 밝혔는데 그 과정에서 '방정식 스캔들'이라는 재미있는 이야기가 전해지게 되었지. 그 이야기를 좀 해 줄게.

세기의 방정식 스캔들

당시 수학자들은 삼차 이상의 고차 방정식의 풀이에 매달렸어. 왜냐하면 이차 방정식의 해법인 근의 공식이 알 콰리즈미에 의해 밝혀진 후로 수백 년 동안 별다른 성과가 없었거든. 그러다가 대수학이 발전하게 되자 방정식 분야도 연구가 활발해졌고, 삼차 방정식의 해법이 먼저 발견되었지.

이탈리아의 페로가 삼차 방정식 $x^3 + mx = n(m, n>0)$의 대수적 해법을 최초로 풀고 제자 피오르에게 알려주었다고 해. 그 뒤 타르탈리

타르탈리아   카르다노

아 또한 삼차 방정식의 풀이 방법을 발견했지. 물론 두 사람 모두 삼
차 방정식의 해법을 완벽하게 푼 것은 아니었고 풀이 방법도 조금 달
랐어. 그러자 피오르와 타르탈리아가 삼차 방정식 풀이를 공개적으
로 대결하기로 했지. 1535년 2월, 공개 시합이 벌어졌던 밀라노 대성
당 앞은 몰려든 군중으로 장사진을 이뤘다고 해. 서로 상대방에게 30
문제를 냈는데 결과는 타르탈리아의 압승이었어. 타르탈리아는 두
시간 만에 문제를 모두 풀었지만 피오르는 한 문제도 풀지 못했거든.

그러자 밀라노에 있던 수학자 카르다노가 시합에서 이긴 타르탈
리아를 찾아가 해법을 알려 달라고 간청했어. 타르탈리아는 연구를
더 해서 삼차 방정식 해법을 완성한 다음 발표할 생각에 거절했지

만, 카르다노는 연구 후원자에게 추천장을 써 주겠다며 설득했지. 언어 장애가 있던 타르탈리아는 늘 후원자를 얻기가 힘들었거든. 결국 타르탈리아는 비밀을 지키겠다는 약속을 받고 해법을 가르쳐 주고 말았어. 그런데 카르다노는 1545년 자신의 저서를 출판하면서 삼차 방정식의 풀이를 공개했어. 카르다노의 배신에 타르탈리아는 분노했지만 소용없었지. 세상 사람들은 삼차 방정식의 해법을 '카르다노의 공식'이라고 부르게 되었지. 타르탈리아로서는 정말 억울했겠지? 카르다노는 타르탈리아의 해법을 좀 더 발전시켜서 삼차 방정식 '$x^3+ax^2+bx+c=0$'의 일반적인 해법을 완성했대. 그 후 사차 방정식의 해법은 카르다노의 제자 페라리에 의해 밝혀졌다고 해.

그 뒤로 오차 방정식의 해법을 오랫동안 많은 수학자들이 연구했어. 300년 가까이 성과가 없다가 1824년 노르웨이의 젊은 수학자 아벨이 오차 방정식의 대수적인 해를 구할 수 없음을 증명했어. 즉 오차 방정식 '$ax^5+bx^4+cx^3+dx^2+ex+f=0$'의 근의 공식이 없다는 것이 밝혀진 거지.

몇 년 뒤 프랑스의 갈루아도 같은 연구를 해서 '오차 이상의 방정식은 대수적 방법으로 풀 수 없음'을 증명해 냈어. 비슷한 시기에 다른 지역의 두 젊은 수학자가 같은 결론을 증명한 거야. 물론 두 사람은 상대편의 연구에 대해 알지 못했어. 갈루아의 해법은 아벨의 결론보다 더 발전된 성과로, 오차 방정식뿐 아니라 모든 고차 방정식에 적

용할 수 있었어. 갈루아가 스무 살도 되기 전에 이룬 업적이라니 정말 놀랍지 않아? 갈루아는 스무 살을 갓 넘긴 나이에 요절하고 말았대. 게다가 아벨도 이십 대에 요절했으니 오차 방정식 해법을 푼 두 사람은 너무나 닮은 인생을 살았던 비운의 수학자였어.

이렇게 해서 오랜 세월에 걸쳐 방정식의 모든 해법이 밝혀지게 되었어. 어때? 흥미진진하지? 이렇게 수학에 얽힌 여러 뒷이야기를 하나씩 알다 보면 수학이 마냥 어렵게 느껴지지만은 않을 거야.

4부
제비 꼬리에
숨긴
비밀

고인돌 앞에서 사라지다

준수는 자전거를 타고 부근리 들판을 달렸다. 강화역사박물관 앞을 지나 언덕길을 올랐다. 세계 문화유산으로 등재된 고인돌이 눈앞에 서 있었다.

커다란 고인돌 앞에 자전거를 세웠다. 벼리가 여기서 다면체 돌을 주웠다고 했기 때문이다. 어제 석모대교 행사가 끝나고 집으로 가는 길에 벼리에게 답장이 왔다. 벼리와 메시지를 주고받으며 자초지종을 들었다. 벼리는 부근리의 고인돌 앞에서 다면체 돌을 주웠다고 했다. 그런데 다음 날 학교 앞에서 강해를 걱정하며 지나가는 유나를 보았고 유나에게 다면체 돌을 주려고 청소년수련원 사물함에 두고, 유나에게 수수께끼가 담긴 그림을 보냈다는 것이다.

준수는 어제부터 강해의 실종에 대한 관심이 더욱 커졌다. 새미와 유나와 함께 살펴본 암호 악보와 벼리의 얘기 때문에 더 궁금해졌던 것이다. 게다가 강해의 실종은 뭔가 이상한 점이 있었다. 소속사에서는 실종이 아니라고 하면서도 강해가 어디 있는지 모른다고 계속 얼버무렸다. 강해에 대한 심상치 않은 소문이 계속 나오고 있는데도 소속사는 강해가 괜찮다는 말만 했다. 아예 강해를 찾을 생각도 안 하는 듯했다. 이상한 일이었다. 준수는 벤치 쪽으로 걸음을 옮겼다.

'저쪽에서 돌을 주웠다고 했지.'

벼리는 화요일 저녁 이곳에서 강해를 보았다고 했다. 강해의 실종 뉴스가 나기 바로 전날이다. 벼리는 학교를 오갈 때마다 이 언덕에 자주 들렀고, 그날도 이곳에 왔다가 강해를 보았다. 강해는 고인돌 언덕을 힘차게 달려 올라왔다고 했다. 벼리는 멀리서도 강해를 알아보았다. 강해가 며칠째 같은 시간에 이곳에 조깅하러 왔기 때문이다. 그날도 강해는 언덕을 올라와 고인돌 주위를 한 바퀴 산책하듯이 걷고는 벼리와 좀 떨어진 자리에 앉아서 석양을 바라보았다. 노을빛에 물든 조각처럼 잘생긴 얼굴을 벼리는 흘끔흘끔 쳐다보았다. 강해는 뭔가를 골똘히 생각하듯 한참을 앉아 있다가 땅거미가 지고 나서야 언덕을 내려갔다.

그런데 강해가 앉았던 자리에 무언가 반짝이고 있었다. 벼리가 다가가 보니 다면체 돌이었다. 다음 날 강해가 실종됐다는 뉴스가 나온 뒤부터 강해는 더 이상 고인돌 앞에 나타나지 않았다. 벼리가 해 준 얘기를 듣고, 준수는 어쩌면 강해가 강화도에서 실종됐을지 모른다는 생각이 들었다.

준수는 휴대 전화로 벤치 주변 사진을 찍었다. 마치 현장 조사라도 하려는 듯이. 사진을 신중하게 찍은 다음 벤치에 앉아 보니 언덕 아래가 한눈에 내려다보였다. 서쪽을 향하고 있어 해질 때는 석양이 마주 보이는 자리였다. 강해도 이곳에서 석양을 감상했으리라.

준수는 문득 강해가 얼마 전에 냈던 수학 문제가 떠올랐다. 고인돌이 있는 곳까지 달린 거리와 시간에 관한 연립 방정식 문제였다. 자신이 실제로 조깅했던 경험을 문제로 낸 것 아닌가 싶었다. 휴대 전화로 찾아보니 SNS에 그 문제가 나와 있었다. 강해는 이따금씩 랩으로 문제를 낼 때가 있는데 그 문제도 랩으로 부른 것이었다.

자라머리에서 돌무덤까지 16킬로미터. 달리다가 걷다가.
시속 12킬로미터로 달리다가 시속 4킬로미터로 걸었어.
두 시간 삼십 분 걸렸지. 얼마나 달렸을까. 얼마만큼 걸었을까.

문제를 다시 들어 보니 강해가 운동했던 거리와 시간뿐 아니라 장소도 알려 주는 듯했다.

'음, 자라머리에서 돌무덤까지……. 돌무덤은 이 고인돌인 것 같고 자라머리는 뭐지?'

준수는 고개를 갸웃거리다가 펜을 꺼내 종이에 방정식을 썼다.

$$x + y = 16$$
$$\frac{x}{12} + \frac{y}{4} = 2.5$$

"방정식이 두 개 만들어지니까 연립 방정식으로 풀면……. x는 9, y는 7. 그래서 9킬로미터를 달리고 7킬로미터 걸었다."

답을 구해 보니 강해가 어떻게 이곳까지 왔는지 구체적으로 알 것 같았다. 아마도 자라머리라는 곳에서 출발해서 9킬로미터를 달리다가 7킬로미터를 걸어서 이곳 돌무덤까지 온 것 같았다. 그렇다면 '자라머리'는 어디일까? 고인돌에서 16킬로미터쯤 떨어져 있는 곳일 것이다.

준수는 휴대 전화로 강해의 사진을 찾아봤다. 강해의 블로그에 강화에서 찍은 사진이 꽤 있었는데 그중 고인돌 앞에서 찍은 것도 있었다. 실종 전날에 찍은 사진도 여러 장 있어서 유심히 보았다. 바닷가나 돈대 같은 곳에서 찍은 사진인데 확실한 장소는 알 수 없었다. 그중 '성당에 다녀오다'라는 제목이 붙은 사진이 있었다. 강해의 행적을 정확히 알 수 있는 사진이다. 사진을 자세히 들여다보았다. 높은 기와지붕 앞에서 강해가 포즈를 취하고 서 있었다. 성당 건물이 특이하게도 한옥이다. 사진을 보면서 학교 옆에 있는 오래된 성당이 떠올랐다.

'그 성당도 한옥 건물인데?'

준수는 학교 가까이 있는 강화성당이 생각났다. 성당 건물이 한옥인 경우가 드물기 때문에 사진을 보자마자 그 성당이 떠올랐던 것이다. 강화중학교를 다녔던 강해도 이곳을 알고 있을 것이다. 사진을 다시 살펴봐도 강화성당이 맞는 듯했다. 실종 전날 강해가 강화성당에 다녀갔나 보다. 강해가 사라지기 전 행적이 궁금해서 고인돌 앞까지 왔으니 내친김에 학교 옆 성당도 찾아가 보기로 했다.

준수는 고인돌 공원을 나와 자전거 페달을 힘차게 밟으며 학교 방
향으로 달렸다.

해의 행적을 쫓다

준수는 강화대로를 달려 등교할 때마다 지나치는 고인돌체육관 앞을 지났다. 얼마 전에 이곳에서 폴리헤드런 팬미팅이 열리려 했으나 강해가 오지 않아서 취소되었다. 산성 서문을 지나 군청을 끼고 달려서 동문에 다다랐다. 동문 앞에서 길이 갈라져 오른편에 학교가 있고 왼쪽 길로 올라가면 성당이 나온다. 언덕길에 접어드니 높다란 계단 위에 위풍스럽게 서 있는 한옥이 나타났다.

이 건물을 처음 봤을 때 성당이라는 말을 듣고 의아해했다. 한옥이라서 불교 사찰로 보였기 때문이다. 팔작지붕 꼭대기에 있는 십자가를 보고서야 성당임을 알아볼 수 있었다. 준수는 건물 앞에 자전거를 세우고 안내판을 읽어 보았다.

"와아, 백 년이 넘었다고?"

성당 건물은 1900년 대한 제국 시대에 지어졌으며 현존하는 한옥 교회 건물로는 가장 오래됐다고 적혀 있었다. 역사적 가치가 높아서 문화재로 보존되고 있었다. 준수는 건물을 한번 올려다보고 가파른 계단을 올라갔다. 성당 앞을 자주 지나다녔지만 안에 들어가 본 적은 없었다. 솟을대문을 들어서니 사찰처럼 종각이 나왔고 동종도 걸려 있었다. 앞마당에는 키가 큰 보리수나무가 서 있었는데 이 나무도 백 년이 넘었다고 적혀 있었다.

준수는 본당 바깥에서 고개만 빠끔 들이밀고 안을 들여다봤다. 외관은 한옥의 형태를 띠었지만 내부는 서양 교회 양식을 따라 지어진 것 같았다. 입구에 놓인 팸플릿을 하나 집어서 읽어 보았다. 이 건물은 정면 네 칸, 측면 열 칸의 평면 구성이며, 서유럽의 바실리카 양식과 동양의 불교 사찰 양식을 조합시켜 우리 한옥 형태로 건립되었다고 한다. 경복궁을 지은 대궐 목수가 건축했으며 건축에 쓰인 목재도 압록강에서 운반해 와서 사용했다고 한다. 램프가 달린 천장을 올려다보니 저절로 감탄이 나왔다.

"왠지 궁궐 느낌이 나네."

일요일인데도 성당 안이 고요했다. 특별한 날에만 교회로 사용되고 평소에는 사적지로 보존하고 있기 때문이었다. 준수는 고개를 돌려 주위를 두리번거렸다.

"사진에서 본 건물은 어디 있지?"

강화성당 본당 건물 사진 다음에 업로드된 사진이 하나 더 있었다. 뒤뜰로 나와서 둘러봤지만 사진과 비슷한 건물은 보이지 않았다. 사제관 앞을 기웃거리고 있을 때 마당을 쓸고 있던 노인이 준수를 힐긋 보았다.

"누구 찾아왔어? 신부님 만나려고?"

노인이 말을 걸자 준수는 한걸음 물러나 어정쩡하게 서 있었다. 성당을 관리하는 사람 같았다. 준수는 머뭇거리다가 우물쭈물 말했다.

"저기, 여기가…… 어디예요?"

휴대 전화를 내밀어 강해가 찍은 사진을 보여 주자 노인이 빗질을 멈추고 사진을 보았다.

"이 사진, 여기 건물이 맞죠?"

"여기 건물이라고? 어디지……."

눈을 가늘게 뜨고 사진을 들여다보던 노인이 말했다.

"얼마 전에 왔던 청년이군."

"어? 만나셨어요?"

"그래. 성당에 들어가서 오르간을 쳤지. 혼자 듣기 아까울 만큼 잘 치더군."

"유명한 가수예요."

"어쩐지……. 근데 이 사진, 여기서 찍은 거래?"

노인은 사진을 물끄러미 보며 고개를 갸웃거렸다.

"이 성당에 이런 데가 없는데. 사제관이고 종각이고 내가 다 알지. 아무튼 여기 건물은 아냐."

"그래요? 성당 사진이랑 같이 올라와서 여기도 성당인 줄 알았는데……. 그럼 어디지?"

"가만 있자……. 저기 정자 같은데? 맞아, 연미정이네."

"연미정이요?"

"그래, 연미정이야. 여기서 가까워. 월곶리에 있어. 강줄기가 꼭 제비 꼬리처럼 생겨서 정자 이름도 연미정이라 하지."

"제비 꼬리요?"

강해가 올려놓은 사진의 이름이 바로 '제비 꼬리'였다. 하지만 그것이 장소나 건물을 가리키는 말인지는 몰랐다.

노인은 비질을 하며 말을 계속했다.

"경치가 아주 좋아. 올라가면 북쪽이 보이지. 개풍군이 바로 건너다 보여."

"그러면 여기가 민통선 지역이에요? 가 볼 수 있어요?"

"지금은 출입할 수 있어. 전엔 출입 금지 구역이었지만. 정자에 올라가면 바람이 여간 시원하지 않아. 한여름에 낮잠 자기 딱 좋지."

노인은 비질을 마치고 보리수나무 앞에 걸터앉아 말했다. 준수는 사진을 찍은 곳이 성당이 아니라서 좀 실망했다. 그러면서 연미정은 어떤 곳일까 궁금하기도 했다.

'월곶리에 있다고?'

휴대 전화로 지도를 찾아봤다. 연미정은 가까운 곳에 있었다. 3킬로미터 남짓 되는데 자전거를 타고 가면 금방 닿을 것 같았다. 안 그래도 석모도에 갔던 친구들과 여름 방학에 민통선 앞까지 자전거를 타고 놀러 가기로 했다. 벼리가 길 안내를 하기로 했는데 이참에 미리 한번 가 봐도 괜찮을 듯했다. 준수는 노인에게 인사하고 성당을 빠져나왔다.

자전거를 타고 연미정으로 향했다. 싱그러운 바람을 맞으며 푸릇푸릇한 논길을 달렸다. 잠시 후 달이 뜨는 모습이 아름답다는 월곶에 다다랐다. 한강과 임진강이 합류하는 곳인데 합해진 물줄기가 하나는 서해로 또 하나는 강화해협으로 흐른다. 그 모양이 마치 제비 꼬리 같다.

정자가 있는 언덕으로 올라가니 경치가 한눈에 내려다보였다. 이곳은 강화에서 가장 경치가 좋다는 열 군데 중 하나로 '강화십경'으로 손꼽히는 장소이기도 했다. 산과 들, 강과 바다의 풍경이 조화로웠다. 갯벌에 바닷물이 들어와 찰랑거렸다. 준수는 강 건너편을 바라보며 중얼거렸다.

"와아, 정말 가깝네. 헤엄쳐서 건너갈 수도 있겠다."

강 너머로 북녘 땅 개풍군이 아주 가깝게 보였다. 강화도는 한강과 임진강, 예성강이 합류하는 하구에 있고 강 건너 북한 땅과 매우 가깝다.

준수는 정자 앞으로 갔다. 높다란 기단석 위에 연미정이 웅장한 모습으로 서 있었다. 정면 세 칸, 측면 두 칸의 정자는 지붕 옆면이 여덟 팔(八) 자 모양인 팔작지붕 집이었다. 키가 큰 느티나무 두 그루가 정자를 지키고 서 있어 위풍스러운 자태를 더해 주었다. 기념 보호수로 지정된 나무를 보고 있으니 준수는 강해의 노래 「우주에 심은 나무」가 생각났다. 나무 앞에 설명이 적혀 있었다. 1995년 기념 보호수로 지정된 느티나무는 수령이 500년 정도라고 했다.

"어? 그럼 지금은 딱 522살이네."

나무가 보호수로 지정된 1995년으로부터 22년이 지났으니 굳이 따져 보자면 나무는 이제 522살인 셈이다. 강해가 냈던 문제, 느티나무 나이를 구하는 방정식 문제의 답 역시 522였다. 여기 서 있는 느티나무의 수령과 같은 셈이다. 문제에 나오는 나무가 혹시 이 느티나무를 가리키는 것은 아닐까 싶었다. 그러다가 어제 새미와 유나가 악보에서 찾은 수도 생각났다.

"그 숫자도 522였는데……."

준수는 나무를 올려다보며 고개를 갸우뚱했다. 느티나무가 또 다른 수수께끼처럼 보였다.

연미정에서 찾은 비밀

준수는 사진을 찍고 연미정에 올라갔다. 정자 바닥에 앉아서 두 다리를 쭉 뻗고 앞을 바라보았다.

"와아, 마을이 다 보이네."

경치를 보고 있으니 감탄이 절로 나왔다. 월곶리 들판이 훤히 내려다보였다. 그때 갑자기 어디선가 나지막한 목소리가 들리기 시작했다. 비트박스 소리가 울려 퍼졌다.

붐부르 뿜뿜뿌 쿵부르 쿵쿵.

준수는 소리가 나는 쪽을 바라보았다. 뙤약볕이 내리쬐는 돈대 돌담에 걸터앉아 누군가 비트박스를 하고 있었다. 그러더니 나지막이 랩을 부르기 시작했다.

"세상을 속이는 건 — 자신을 속이는 것. 진실을 숨기는 건 — 거짓을 숨기는 것. 숨지 말고 말 — 해. 진실을 말 — 해……."

준수는 랩을 들으며 무심코 쳐다보다가 깜짝 놀랐다. 아까 돈대에 올라왔을 때도 누군가 있는 것을 보긴 했지만 너무 멀리 있어 알아보지 못했었다.

"벼리야."

벼리는 랩을 멈추고 주위를 두리번거렸다. 준수가 정자 앞으로 나와서 손을 크게 흔들었다.

"벼리야. 여기야, 여기."

준수를 알아본 벼리가 돌담에서 내려왔다. 그러고는 잔디밭을 가로질러 정자로 뛰어 올라왔다. 준수가 눈이 휘둥그레져서 물었다.

"여기 웬일이야?"

벼리는 대답 대신에 해죽 웃기만 했다. 준수가 또 물었다.

"너도 강해 형 사진을 보고?"

벼리는 고개를 끄덕였다. 벼리는 강해의 실종 뉴스가 나오자, 그 전날 고인돌 앞에서 강해를 봤던 일이 마음에 남았다. 어쩌면 자신이 강해를 마지막으로 본 사람일지도 모른다는 생각마저 들었다. 그래서 강해의 사진을 찾아보고 연미정에 와 본 것이다. 준수가 정자 바닥에 털썩 주저앉으며 말했다.

"넌 연미정인 줄 알았어? 난 성당인 줄 알고 우리 학교 옆에 있는 한옥 성당에도 가 봤잖아."

벼리가 빙긋 웃었다. 자전거 타기를 즐기는 벼리는 이곳 민통선 앞까지도 여러 번 와 봤고 월곶돈대에 올라 연미정을 구경한 적도 있었다. 그래서 사진 속 건물이 연미정인 것을 단번에 알아본 것이다. 벼리가 옆에 앉자 준수가 말했다.

"벼리 너, 비트박스 정말 잘한다. 이제 수준급이야. 근데 랩 할 때는 하나도 안 더듬네."

준수가 쳐다보자 벼리는 손으로 머리를 긁적였다.

"나, 나도 잘 모, 모르겠어. 래, 랩도 좋아……."

벼리가 비트박스를 잘하는 건 준수도 알고 있었다. 처음에는 서툴렀지만 실력이 나날이 늘어서 지금은 꽤 잘했다. 가끔 래퍼를 꿈꾸는 아이들이 벼리에게 비트박스를 청해 오기도 했다.

그런데 얼마 전 벼리가 랩을 부르는 것을 처음 듣고 준수는 깜짝 놀랐다. 하나도 더듬지 않고 잘 불렀던 것이다. 비록 짧은 구절을 느리게 읊조리듯 불렀지만, 수줍음 많은 벼리가 한 손을 올려 비트를 타며 몸을 흔들기까지 했다. 오늘 다시 벼리가 부르는 랩을 들어 보니 실력이 더 좋아진 것 같았다.

"랩 할 때는 청산유수야."

준수는 머리를 절레절레 흔들며 신기해했다. 벼리가 멋쩍게 웃었다. 두 사람은 정자 바닥에 나란히 앉아서 경치를 바라봤다. 바람이 솔솔 불어오자 준수는 성당에서 만난 노인의 말이 떠올랐다.

"바람이 시원하다. 바닥도 시원하고, 정말 낮잠 자기 딱 좋겠
다."

정자 바닥에 돌이 깔려 있었다. 정사각형의 빛바랜 거무스름한
돌이 가지런히 놓여 있었다. 준수는 바닥의 돌을 만져 보다가 자기
도 모르게 세로줄을 세웠다. 그러자 벼리가 더듬더듬 말했다.

"여, 열, 아홉⋯⋯."

"열아홉 개라고? 그럼 바둑판하고 같나?"

벼리는 고개를 저었다.

"가, 가로는⋯⋯ 삼, 삼십 개야."

"벌써 세어 봤구나. 가로 삼십 개, 세로 열아홉 개라면⋯⋯. 비율이 거의 1.6인데? 그럼 황금비 아닌가?"

벼리가 세어 본 대로라면 바닥의 돌은 30×19의 배열이며 가로와 세로 돌의 비율이 1.6에 가깝다. 벼리가 고개를 끄덕이자 준수는 말했다.

"황금비는 가장 아름답고 완벽한 비율이잖아. 어쩐지 처음 딱 봤을 때부터 정자가 완벽해 보이더라."

준수는 휴대 전화를 열어 강해가 찍은 사진들을 다시 보았다. 사진 속 건물이 연미정인 것을 이제 알아볼 수 있었다. 준수는 벌떡 일어났다.

"음…… 이 사진은 여기쯤에서 찍은 거 같네."

준수는 강해가 연미정 안에 서서 바다를 배경으로 찍은 사진과 비슷한 포즈로 사진을 찍고는 앞을 바라봤다. 대포를 설치했던 자리가 마주 보였고 돈대 너머로 들판과 마을이 보였다. 바닥에 다시 앉으려고 하는데 무심코 밟았던 돌의 한쪽 귀퉁이가 삐죽 튀어나온 것이 보였다. 발뒤꿈치로 꾹꾹 눌러봤지만 잘 들어가지 않았다. 그때 갑자기 벼리가 눈을 빛내며 다가와서 준수가 밟았던 돌을 만져 보았다.

"왜? 돌이 이상해?"

벼리는 대답이 없더니 느닷없이 바닥의 돌을 잡고 안간힘을 쓰기 시작했다.

"이거 빼내려고?"

두 사람이 맞잡고 힘을 쓰니 돌이 쑤욱 빠져나왔다. 준수는 엉거주춤 돌을 들고는 주위를 재빨리 돌아보았다. 다행히 돈대 안에는 아무도 없었다. 돈대 구경을 하고 있던 한 무리의 사람들도 조금 전 내려갔다. 준수가 돌을 옆에 내려놓자 가로세로 삼십 센티미터 정도 크기의 옴폭한 정사각형 구멍이 드러났다. 흙먼지 없이 깨끗한 바닥에 뭔가 놓여 있었다. 준수의 눈이 휘둥그레졌다.

"이게 뭐지?"

비닐로 싸인 얇은 물건이었다. 꺼내서 비닐을 벗겨 보니 낡고 얇은 노트가 나왔다. 파란색 겉장을 넘기자 첫 장에 '고인돌'이라고 적혀 있었다. 제목인 듯했다. 강해가 다녀갔다는 고인돌을 떠올리며 한 장을 더 넘겼다. 오선 위에 음표가 그려져 있었다. 뒷장까지 후루룩 넘겨 보고 준수가 말했다.

"전부 악보네. 혹시 강해 형 노트일까? 이걸 왜 여기다 뒀지?"

준수는 잠시 생각해 보더니 다시 말했다.

"도로 넣어 두자."

괜히 남의 것을 꺼내 봤다가 나중에 문제가 될까 봐 찜찜했다. 준수는 휴대 전화를 꺼내 사진을 찍은 뒤 노트를 다시 비닐에 싸서 바닥에 놓았다. 벼리와 함께 돌을 들어 제자리에 넣고 표시가 안 나게 잘 맞춰 놓았다. 손을 털고 일어나면서 위치를 기억하려고 돌의 숫자를 셌다.

"노트를 넣어 둔 자리가 가로 아홉 번째, 세로 일곱 번째…….

어! 그 연립방정식 답과 같아."

자라머리에서 돌무덤까지 16킬로미터. 달리다가 걷다가.
시속 12킬로미터로 달리다가 시속 4킬로미터로 걸었어.
두 시간 삼십 분 걸렸지. 얼마나 달렸을까. 얼마만큼 걸었을까.

"그 문제의 답도 x가 9, y가 7이었어. 그리고 문제에 나온 돌무덤이 고인돌이라면 자라머리는?"

준수는 고개를 갸우뚱거리다가 벼리를 돌아보았다.

"벼리야, 자라머리가 다른 말로 뭐지?"

그러자 벼리는 더듬거리며 말했다.

"오, 오, 오두……."

"오, 두……?"

벼리의 입을 보며 한 음절씩 따라 말하다가 준수는 문득 어제 새미와 유나가 강해의 악보에서 음계로 찾아낸 수가 떠올랐다. 휴대 전화에 메모해 놓은 그 숫자들을 찾아서 벼리에게 보여 주며 물었다.

"벼리야, 여기 이 숫자 좀 봐. 522, 1251. 이 숫자가 뭐 같니? 전화번호 같기도 하고."

수학을 잘하는 벼리는 수에 대한 관찰력이 뛰어났다. 숫자를 본 벼리의 눈이 반짝거렸다.

“자, 자라머리…… 오, 오두리야…….”

“그게 뭔데? 그게 자라머리하고 상관이 있어?”

준수는 물으며 벼리의 입을 계속 보았다.

“오, 오두리라고.”

준수가 고개를 갸웃거리다가 갑자기 소리쳤다.

“아하! 오, 둘, 이, 그러니까 네 말은 522가 오두리를 뜻한다는 거야?”

준수는 휴대 전화로 인터넷에서 ‘오두리’를 찾아보았다. 그러자 비로소 벼리의 말이 이해되었다.

“오두리라는 곳이 진짜 있네. 한자로 ‘오두’는 ‘자라머리’라는 뜻이고. 그럼 연립 방정식에 나오는 ‘자라머리에서 돌무덤까지’는 ‘오두리에서 고인돌까지’라는 뜻이겠다.”

준수가 고개를 끄덕이더니 휴대 전화를 다시 보았다.

“오두리가 대체 어디지? 강화도에 있는데, 음…… 광성보 근처다.”

강화도 남단에 오두리가 있고 오두돈대도 있었다. 마을이 자라머리 모양으로 생겼다고 해서 오두리라고 부른다는 설명도 나왔다.

“벼리 네 말이 맞나 보다. 522가 오두리라면, 그다음 수, 1251은 무슨 뜻일까? 여기에도 무슨 힌트가 숨어 있겠지?”

“버, 번지수 가, 같아.”

"아, 번지수. 오두리 몇 번지다, 이 말이지? 오두리 1251번지가
있나 찾아보자."

벼리의 말을 듣고 준수는 휴대 전화로 지도를 찾아보았다. 오두
리 일대를 살펴보았으나 1251번지는 눈에 띄지 않았다. 300번지까
지만 있었고 1000이 넘는 번지는 없었다. 지도를 같이 보던 벼리가
손가락을 이리저리 움직이며 찾더니 손을 멈추고 지도를 확대했
다. 농가에서 한참 떨어져서 개천을 따라 들어간 외딴곳이었다.

"125에 1번지. 여기 같다고?"

벼리가 가리킨 곳은 '125-1'이라고 쓰여 있었다. 준수는 마음이
조금 편해졌다. 강해가 낸 수수께끼를 푼 느낌이었다. 오두리에 무
엇이 있을지 궁금해졌다. 강해의 실종과 관계가 있을까? 준수가
벼리의 얼굴을 보며 말했다.

"오두리 가 볼래?"

벼리는 고개를 끄덕이더니 정자 바닥을 가리켰다. 준수가 곧 알
아챘다.

"벼리 네 생각도 그래? 이 고인돌 악보, 가져가 보는 게 좋겠
지?"

"그, 그래. 가, 가져가."

벼리의 생각도 같았다. 악보 노트가 아무래도 오두리 125-1번지
와 연관이 있을 것 같았다. 준수와 벼리는 바닥의 돌을 다시 빼냈
다. 노트를 꺼낸 뒤 돌을 제자리에 넣고 일어났다. 그리고 노트를

준수의 가방에 넣고 정자를 내려왔다. 오두리를 찾아가 보면 어떤 노트인지 알 수 있을 테니 노트를 어떻게 처리할지는 그때 생각하기로 했다.

돈대를 나와서 버스 정류장으로 향했다. 오두리까지 거리가 멀기 때문에 버스를 타기로 했다. 정류장에서 자전거를 접고 버스를 기다렸다. 그동안 준수는 인터넷을 뒤졌다. 노트에 적혀 있는 '고인돌'이라는 제목이 아무래도 노래 제목 같았다. 검색어로 '고인돌, 노래'를 쳐 보았지만 그런 노래는 없었다. 그때 '고인돌 밴드'가 눈에 띄었다. 밴드 이름일 수도 있다는 생각이 들어 읽어 보았지만 자세한 내용은 나오지 않았다. 고인돌 밴드는 활동을 거의하지 않은 듯했다. 15년 전 리드였던 남궁석이 교통사고로 사망하면서 고인돌 밴드가 해체되었다고 한다.

"어? 남궁석……. 나하고 성이 같네. 강화도 사람인가?"

준수는 자신과 성씨가 같은 남궁석이라는 사람에 끌렸다. '남궁'이라는 성씨는 강화도에 많았다. 강화산성 남문 쪽 남산리에 남궁 성씨를 가진 사람들이 사는 집성촌이 있기 때문이다. 준수도 아버지를 따라 몇 번 그 마을에 가 보았다. 남궁석이라는 사람이면 친척뻘일지도 모른다는 생각이 들면서 고인돌 밴드에도 관심이 갔다. 남궁석을 검색해 봤지만 고인돌 밴드라는 정보 외에는 더 나오지 않았다. 그가 지었거나 불렀던 노래도 나와 있지 않았다.

준수는 버스를 기다리는 내내 이 미스터리에 대한 생각을 떨칠 수 없었다. 남궁석과 이 고인돌 노트가 혹시 관계가 있을까? 이 노트를 연미정에 숨겨 놓은 사람은 강해일 것이다. 그렇다면 강해는 또 남궁석과 어떤 관계일까? 강해의 실종과도 관련이 있을까?

도데카헤드런의 수학 이야기: 연립 방정식

해외 공연에서 생긴 일

얼마 전 폴리헤드런 해외 공연을 다녀왔는데 크고 작은 문제들이 좀 있었어. 가장 큰 문제는 숙소가 불편했다는 거야. 폴리헤드런 멤버들뿐 아니라 공연을 준비하는 사람들까지 함께 묵을 장소를 제대로 구하지 못했거든. 게스트하우스를 통째로 빌렸는데도 숙소가 부족해 다들 고생했지. 어떤 상황이었냐고?

한 방에 7명씩 들어가면 7명이 남고, 9명씩 들어가면 방 하나가 남았어. 그날 밤 객실 수와 사람 수는 각각 얼마나 되었을까?

먼저 객실 수와 사람 수를 미지수로 하고 식을 만들어 보자. 객실 수를 x, 사람 수를 y로 하면, 아래와 같은 방정식이 돼.

- 한 방에 7명씩 들어가면 7명이 남는다. $7x + 7 = y$
- 한 방에 9명씩 들어가면 방 1개가 남는다. $9(x-1) = y$

$$7x + 7 = y \ \text{-----} \ ①$$

$$9x - 9 = y \ \text{-----} \ ②$$

이와 같이 미지수가 2개인 방정식을 한 쌍으로 묶은 것을 연립 방정식이라고 해. 연립 방정식을 푸는 것은 두 방정식을 동시에 만족시키는 x, y 값을 구하는 거야.

자, 이제 연립 방정식을 풀어 볼까. ①, ②에서 y의 계수가 같으므로 ②에서 ①을 변끼리 빼면 y항이 없어지고 x항만 남게 돼.

$$2x - 16 = 0 \ \rightarrow \ 2x = 16 \quad \therefore \ x = 8$$

x의 값을 ①에 대입하면,

$$7 \times 8 + 7 = y \quad \therefore \ y = 63$$

따라서 객실 수는 8개, 사람 수는 63명이었어.

이번 공연에서는 또 이런 일도 있었어. 짐이 없어진 줄 알고 한바탕 소동이 일어났거든.

공연에 사용할 물품을 빨간색과 파란색, 두 가지 상자에 나눠 담았는데 빨간 상자 12개와 파란 상자 9개의 무게가 같았어. 상자의 색깔을 구분해 각각 다른 컨테이너에 실어 운송한 뒤 무게를 다시 달아 보니 파란 상자가 실린 컨테이너의 무게가 30kg 가벼웠어. 파란 상자의 일부가 없어졌나 싶어 잠시 소동이 일어났지. 나중에 알고 보니 빨간 상자와 파란 상자가 하나씩 서로 바뀌어 실렸던 거야. 그렇다면 빨간색과 파란색 상자의 무게는 각각 얼마나 될까?

빨간 상자의 무게를 x, 파란 상자의 무게를 y로 하고 식을 만들어 보자.

- 빨간 상자 12개, 파란 상자 9개의 무게가 같다. $12x = 9y$ -----①
- 1개씩 바뀌어 파란 상자가 실린 컨테이너가 30kg 가볍다.

$(11x + y) = (8y + x) + 30$ -----②

①, ②의 연립 방정식이 되었어. 두 방정식에서 좀 더 간단한 ①을 ②에 대입하면 연립 방정식을 쉽게 풀 수 있어.

①에서 $x = \frac{3}{4}y$이고, ②의 식을 정리하면 $10x - 7y = 30$이므로,

$10(\frac{3}{4}y) - 7y = 30 \rightarrow \frac{1}{2}y = 30 \quad \therefore y = 60$

$y = 60$을 ①에 대입하면,

$x = \frac{3}{4} \times 60 \quad \therefore x = 45$

따라서 빨간 상자 1개는 45kg, 파란 상자 1개는 60kg이야.

x, y, z의 연립 부정 방정식

어휴, 그런데 공연을 마치고 돌아올 때도 짐 때문에 약간의 문제가

생겼어.

수화물 무게를 개당 23kg으로 제한했는데 가방 무게가 한도를 넘고 말았
거든. 물건을 덜어내고 다시 짐을 싸야 했지. 그냥 추가 요금을 내고 말걸.
A, B, C 세 가지 종류의 물건이 든 가방이었는데 무게가 각각 하나에 3kg,
2kg, 1kg씩 나갔어. 세 종류의 물건을 합해서 15개를 넣고 나머지는 따로
싸기로 했어. 23kg을 넘지 않으려면 각각 몇 개씩 넣어야 할까?

물건 A의 개수를 x, B의 개수를 y, C의 개수를 z라고 하자.
- 물건의 개수는 모두 15개다. $x + y + z = 15$ ----- ①
- 물건의 무게는 각각 3kg, 2kg, 1kg이고 합치면 23kg이다.

  $3x + 2y + z = 23$ ----- ②

미지수 x, y, z의 연립 방정식이 만들어졌어. 그런데 미지수가 3개
인데 방정식은 2개야. 이렇게 방정식의 개수가 미지수의 개수보다 부
족한 연립 방정식은 어떻게 풀어야 할까? 이럴 경우에는 다른 조건을
이용해서 풀 수 있고, 해를 구하는 방법도 정해져 있지 않으므로 부정
방정식이라고 해. 그리고 부정 방정식의 해는 여러 개 나올 수 있지.
위의 방정식의 해를 구하는 방법은 여러 가지 있을 수 있는데, 나는
이런 방법으로 구해 봤어.
먼저 ②에서 ①을 빼면 z항이 없어지고

$$2x + y = 8 \longrightarrow y = 8 - 2x \;\text{-----}\; ③$$

x의 값은 양의 정수가 되어야 하므로 $x = 1, 2, 3\cdots$을 차례로 넣어 보면 y와 z의 값을 구할 수 있어.

- $x = 1$일 때 ③에 대입하면 $y = 6$, 구한 x, y의 값을 ①에 대입하면 $z = 8$
- $x = 2$일 때 $y = 4$, z $= 9$
- $x = 3$일 때 $y = 2$, z $= 10$
- $x = 4$ 이상일 때는 y 값이 양의 정수가 아니므로 조건을 만족하지 않게 돼.

따라서 방정식의 해를 순서쌍으로 나타내면 (1, 6, 8), (2, 4, 9), (3, 2, 10)이야.

즉 물건 A, B, C를 가방에 넣는 방법은 이렇게 세 가지가 있어. A 1개, B 6개, C 8개 이렇게 넣거나, A 2개, B 4개, C 9개 이렇게 넣거나, 마지막으로 A 3개, B 2개, C 10개 이렇게 넣을 수 있겠지.

이와 같은 부정 방정식 문제로 유명한 '백계문제'가 있어. 5세기 중국의 장구건이 쓴 『산경』이라는 수학책에 나오는데 '닭 100마리에 관한 문제'라는 뜻이야. 다음과 같은 문제야. 앞서 푼 것과 비슷한 방법으로 풀 수 있는데 약간 어렵지만 한번 풀어 봐.

수탉 한 마리에 5원, 암탉 한 마리에 3원, 병아리 세 마리에 1원이다. 100

원으로 닭 100마리를 사려고 할 때 수탉, 암탉, 병아리를 각각 몇 마리씩 살 수 있나?

답을 구했니? 내 SNS에 올리면 추첨을 해서 새로 나올 내 솔로 앨범을 보내 줄게!

답: 수탉 4마리, 암탉 18마리, 병아리 78마리.
또는 수탉 8마리, 암탉 11마리, 병아리 81마리.
또는 수탉 12마리, 암탉 4마리, 병아리 84마리.

해를 구하라!

5부
비밀의
방을
열다

강화역사박물관

부근리 고인돌

외규장각

연미정

강화성당

강화여중

강화중학교

강화대교

갑곶돈대

오두돈대

광성보

용두돈대

마니산 참성단

초지진

초지대교

자라머리 마을을 가다

준수와 벼리는 버스에 자전거를 접어 싣고 올라탔다. 오두리로 향하는 버스는 강화해협을 따라 내려가며 해안 도로를 굽이굽이 달렸다. 이윽고 둘은 오두돈대 앞에서 내렸다. 오두돈대는 외적의 침입을 막기 위해 세운 광성보에 속한 돈대 중 하나로 자라머리 모양의 지형에 맞게 원형으로 지어졌다. 준수는 자전거를 편 다음 휴대 전화로 지도를 보았다.

"저쪽이야."

오른쪽 길을 손으로 가리켰다. 주소지는 돈대 맞은편 길 안쪽에 있었다. 준수가 먼저 자전거 페달을 밟고 천천히 오솔길로 들어갔다. 벼리도 자전거를 타고 뒤따랐다. 농수로를 건너자 개천가에 집이 드문드문 보였다. 그 멀리 골목 깊숙한 곳에 외딴집 한 채가 언뜻 눈에 띄었다.

"저 집 같지?"

앞장서 가던 준수가 손짓했다. 울창한 수풀 사이로 아담하고 하얀 이층집이 숨어 있었다. 둘은 그 근처에 자전거를 세우고 집을 살폈다. 대문 앞에 검은 승용차 한 대가 서 있었다. 벼리가 자동차 번호판을 가리켰다.

"1, 6, 6, 3. 아는 번호야?"

준수가 번호를 읽으며 물었다.

"구……. 치, 칠."

"구, 칠?"

준수가 되묻자 벼리는 휴대 전화에서 노트를 열어 '9+7, 9×7'이라고 썼다. 고인돌 노트가 놓여 있던 연미정 바닥의 가로세로 좌표인 9와 7을 더하면 16이 되고 곱하면 63이 된다는 뜻이었다.

"자동차 번호와도 관계가 있네. 그래서 노트를 거기 놔뒀나?"

준수는 신기했다. 한편으로는 수를 가지고 놀기를 좋아하는 강해라면 충분히 그랬을 수도 있겠다는 생각이 들었다. 준수는 자동차를 쳐다보다가 고개를 갸웃했다.

"저 자동차, 어디서 본 것 같아."

그러자 벼리가 더듬거리며 말했다.

"서, 석, 석모도에서 봐, 봤어."

"석모도? 그래, 맞아. 그 차야!"

준수도 석모도에서 봤던 사람이 떠올랐다. 석모대교 앞에 승용차를 두고 다리를 건너와 요트를 탔던 사람이었다. 어제 외포리에서 만난 박기태 실장! 준수는 휴대 전화로 자동차 사진을 찍고는 집 앞으로 다가갔다. 그때 갑자기 담 모퉁이에서 누군가 튀어나왔다. 준수는 돌아보고는 눈이 휘둥그레졌다.

"어, 새미야."

새미가 준수를 향해 손을 흔들고 있었다. 유나가 담벼락에 붙어서 얼굴을 빠끔 내밀고 있는 모습도 보였다. 새미가 손짓을 해서 준수와 벼리는 그쪽으로 갔다.

"어떻게 된 거야? 여기 어떻게 알고 찾아왔어?"

준수가 두 사람을 보고 물었다. 새미가 의기양양한 표정으로 말했다.

"어제 악보에서 찾은 숫자 522가 오두리를 말하는 것 같더라고. 그래서 와 봤어. 너도 여기 주소 알아냈구나."

"안 그래도 새미 너한테 연락할까 했는데……."

준수는 오두리로 오기 전 새미에게 연락할까 생각도 했지만 주소지가 확실한지 몰라서 먼저 찾아가 보기로 했었다. 일단 와 보고 나중에 알려 주기로 마음먹었던 것이다. 준수는 집 앞에 서 있는 자동차를 가리키며 말했다.

"저 자동차 말이야, 어제 봤던 강해 형 기획사 사람이 타는 차 맞지?"

"박기태 실장 차 맞아. 어제도 저 차 타고 갔어. 박기태 실장이 저 집에 있나 봐."

"박기태 실장이 있다면 분명 저 집은 강해 오빠하고 관련이 있어. 강해 오빠가 저 집에 있는지는 모르겠지만."

유나는 이렇게 말하면서 벼리를 쳐다보았다. 그러자 준수가 벼리를 소개했다.

"참, 얘가 벼리야. 어제 너한테 말했던 최벼리."

"어, 그래?"

유나는 반가운 표정을 지었으나 벼리를 모르는 눈치였다. 새미가 말했다.

"얼굴 생각나는 것 같다. 전에 수학 동아리에 왔었지?"

새미는 벼리를 어렴풋이 알아보았다. 벼리가 멋쩍게 서 있자 유나는 손을 펼쳐 다면체 돌을 보여 주었다.

"이거, 벼리 네가 주웠다며. 강해 오빠가 갖고 있던 거라고?"

유나의 손바닥에 하얀 돌이 놓여 있었다. 유나가 손을 오므려 그늘을 만들자 돌이 조금 반짝거렸다.

"너는 수학을 정말 좋아하나 보다. 난 수학은 질색인데 나한테 까다로운 수학 문제를 내다니……, 새미 아니었음 못 풀었어. 근데 왜 나한테 이 돌을 준 거야?"

유나는 궁금했던 것을 조심스럽게 물었다. 벼리는 난처한 표정을 지으며 우물쭈물 입을 뗐다.

"폐, 펜……."

"펜?"

유나가 알아듣지 못하고 고개를 갸우뚱했다. 벼리가 더듬거리며 말했다.

"폐, 펜이 부, 부러져서…… 수, 수학 캐, 캠프 때……."

"수학 캠프 때 펜이 부러졌다고?"

유나가 되묻자 벼리는 고개를 끄덕였다.

"펜이 부러졌다? 아하, 이제 생각난다. 강해 오빠 굿즈 말이지? 맞아, 수학 캠프 때 어떤 애가 내 팔을 치는 바람에 펜이 망가졌었는데, 그게 너였어? 까맣게 잊고 있었네."

유나는 그제야 수학 캠프 때 있었던 일이 생각났다. 투명한 펜대에 정십이면체 구슬이 달려 있어 움직일 때마다 다면체 구슬이 움직이며 반짝거리는 펜이었다. 강해의 새 굿즈여서 아끼던 것이었는데, 수학 캠프 때 누가 팔을 쳐서 떨어뜨리는 바람에 구슬이 깨지고 말았다. 그때 몹시 속상해했던 기억이 났다. 지금 생각해 보니 연극 연습 때 소강당에서 벼리를 만났던 일과 그때 펜이 망가졌던 일이 어렴풋이 떠올랐다.

"그래서 나한테 이 돌을 줬구나."

유나는 고개를 끄덕였다.

벼리는 지난 수요일 학교 앞에서 유나와 새미가 강해의 실종을 걱정하며 지나가는 것을 우연히 보았다. 그리고 수학 캠프 때 망가진 펜 때문에 속상해하던 유나의 얼굴이 함께 떠올라 마음에 걸렸다. 그때는 미안하다는 말도 제대로 못 했었다. 그래서 유나에게 다면체 돌을 주기로 마음먹었다. 직접 주는 것이 쑥스럽기도 하고 유나가 자신을 모를 수도 있다는 생각에 다른 방법을 고민했다. 벼리는 유나가 캠프에서 수학 동아리 친구들과도 잘 어울리기에 수학을 좋아하는 줄 알았고, 수학 문제를 풀어서 돌을 찾으면 기뻐할 줄 알았다. 그래서 수학 캠프를 했던 장소에 돌을 숨겨 놓고 수수께끼 그림을 보냈던 것이다.

벼리는 작년 여름 방학 때 준수와 함께 수학 캠프에 참가했던 일이 다시금 떠올랐다. 역할극을 준비하느라 분반 활동을 했는데, 그날 반원들은 소강당 무대 뒤편의 소품실에 모였다. 각자 맡을 역할에 대해 옥신각신하던 아이들은 벼리가 연극에 참여하는 것을 반대했다. 벼리는 말을 더듬기 때문에 연극을 할 수 없다는 것이었다. 실제로 벼리는 긴장을 하면 말을 더 심하게 더듬기도 했다.

벼리를 데려온 준수에게 따지는 아이도 있었다.

"쟤는 왜 데려왔어. 말도 잘 못하면서 무슨 연극이야. 다른 팀하고 경쟁하는데 창피하게, 역할극 망칠 일 있어?"

몇몇 아이들은 벼리가 말을 더듬는 흉내를 내며 놀리기도 했다.

아이들의 말소리가 귀에 들려올 때마다 벼리는 얼굴이 화끈거렸다.

"야아, 놔둬. 대사 안 주고 그냥 서 있으면 되잖아."

"어어어 버버버. 말더듬이 수학자라고 하면 되겠네, 큭큭."

아이들은 타르탈리아라는 말 더듬는 수학자가 정말 있는 줄도 모르고 놀리며 키득거렸다. 사실 벼리는 어릴 때부터 타르탈리아에 대해 알고 있었다. 왠지 끌려서 그에 관한 책을 찾아 읽은 적도 있었고 '타르탈리아'라는 아이디를 사용하기도 했다.

그런데 그날 벼리를 놀리는 아이들을 나무란 아이가 있었다. 바로 유나였다. 유나의 목소리는 크지 않았지만 벼리 귀에는 또렷이 들렸다.

"말이 너무 심하잖아! 쟤도 한 팀인데 빠지면 안 되지."

아이들은 뜨끔했는지 벼리를 놀리는 것을 멈추었다. 새침하고 깐깐해 보였던 유나의 의외의 행동에 벼리는 고마움을 느꼈다. 아이들이 자신을 놀리거나 따돌릴 때 준수 말고는 누구도 말리는 사람이 없었기 때문이다.

벼리는 자신 때문에 분위기가 썰렁해지자 황급히 연습실을 나가려 했다. 아이들이 놀릴 때는 그저 자리를 피해 버리는 게 상책이었기 때문이다. 그런데 벼리를 유독 심하게 놀리던 한 아이가 벼리의 발을 걸어서 하마터면 넘어질 뻔했고, 그때 유나의 팔을 세게 치고 말았다. 그때 유나의 펜이 깨진 것이다. 유나는 떨어진 펜을 주우며 몹시 속상해했으나 벼리는 당황해서 엉거주춤 서 있기만 했었다. 그러자 유나는 쩨려보며 말했다.

"얘, 너는 미안하다는 말도 못 하니? 아이참⋯⋯."

유나는 홧김에 벼리가 말을 더듬는다는 사실도 잊고서 말을 내뱉고는 곧 울상을 지었다.

"⋯⋯미, 미안⋯⋯."

벼리는 우물쭈물 입을 겨우 뗐지만 유나의 귀에는 들리지 않을 만큼 작은 소리였다. 화가 난 유나는 쌩하니 가 버렸고 벼리는 풀이 죽어서 소강당을 나왔다. 수학 캠프의 나머지 프로그램에도 불참했다. 그 뒤로는 수학 동아리에도 나가지 않았다. 준수와도 전보다는 조금 서먹해졌다.

수상한 이층집

"나온다, 나와."

담벼락에 붙어서 이층집을 살피던 새미가 속삭였다.

"박기태가 나왔어."

새미는 고개를 내밀고 앞을 또 살폈다. 집 밖으로 나온 박기태는 자동차로 향하며 선글라스를 꺼내 썼다. 새미가 아이들에게 다시 고개를 돌렸다.

"저 사람한테 도데카 오빠 어디 있냐고 물어볼까?"

그러자 준수가 고개를 저었다.

"물어봐야 얘기해 주지 않을 거야. 저 사람, 느낌이 별로 안 좋아."

준수는 석모도에서 마주쳤던 박기태의 험상궂은 인상이 떠올랐다. 괜히 윽박지르며 쫓아내기나 할 것이다.

"그래도 도데카 오빠 노래 작곡한 사람인데……. 어, 간다."

새미가 고개를 내밀고 말했다. 박기태가 승용차를 타고 떠났다. 새미는 자동차가 오솔길을 빠져나갈 때까지 눈을 떼지 않고 쳐다보았다. 자동차가 사라진 다음 모두들 골목으로 나와서 집 앞에 모였다.

"어떡할까?"

준수는 나지막한 담 안을 기웃거리며 물었다. 이층집을 올려다보던 유나가 말했다.

"강해 오빠가 암호 악보로 이 집 주소를 알려 줬잖아. '파인드 미', 나를 찾아 줘. 그 말은 여기로 자신을 찾아오라는 말 아니겠어?"

"그래, 일단 벨을 눌러 보자."

새미가 대문 앞으로 성큼 다가가서 벨을 눌렀다. 아무 응답이 없었다. 인기척이 없자 새미는 대문 너머로 안을 들여다보았다. 현관문은 닫혀 있고 창문에 두꺼운 커튼이 쳐져 있어 안이 전혀 보이지 않았다.

"CCTV가 깨졌나 봐."

준수가 현관 앞을 가리켰다. 깨진 플라스틱 조각이 떨어져 있었다. CCTV 카메라가 파손된 듯했다. 준수가 아이들을 돌아보고 말

했다.

"아무도 없는 것 같아. 들어가 볼까?"

"들어가서 확인해 보자. 강해 오빠가 여기를 알려 줬으니까."

유나가 준수를 부추기듯이 말했다. 준수는 낮은 담을 훌쩍 넘고 들어가 대문을 살짝 열었다. 모두들 대문 안으로 들어가서 앞마당을 지나 현관 앞으로 살그머니 다가갔다. 준수가 문손잡이를 잡고 돌려 보니 꿈쩍도 안 했다. 문에 부착된 잠금장치를 건드리자 번호판이 나왔다.

"비밀번호를 알아야 문을 열 수 있어."

준수의 말에 유나가 거침없이 숫자를 눌렀다. 띠릭띠릭띠릭. 경고음이 울렸다. 유나가 겸연쩍은 표정을 짓자 새미가 물었다.

"무슨 숫자 눌렀는데?"

"0, 7, 1, 2. 강해 오빠 생일이 7월 12일이잖아."

"아무려면 생일을 비번으로 했을까. 도데카 오빠가 그렇게 시시한 암호를 걸어 놨을 리가 없잖아. 아무리 오빠 생일이 얼마 안 남았다지만……."

새미가 어처구니없다는 듯 말했다. 그때 갑자기 벼리가 앞으로 나오더니 재빠르게 번호판을 누르기 시작했다. 띠리릭. 잠금장치가 풀리는 소리가 났다. 가만히 지켜보던 아이들의 눈이 휘둥그레졌다.

"열렸어!"

새미는 벼리에게 엄지손가락을 세워 보였다. 준수는 벼리가 누른 숫자를 눈여겨보고는 놀라서 물었다.

"1, 9, 8, 4? 비밀번호를 어떻게 알았어?"

"새, 생일…… 하, 합과 곱으로 해, 해 봤어."

"생일의 합과 곱? 아하, 7과 12를 더하면 19, 곱하면 84."

준수가 말하자 벼리는 싱긋 웃었다. 짐작이 맞아서 기분이 좋았다. 유나가 강해의 생일이 7월 12일이라고 말했을 때 문득 생각이 났던 것이다.

"아까 자동차 번호 보고 생각해 냈구나······."

준수가 고개를 끄덕였다. 박기태의 자동차 번호도 역시 같은 조합이었다. 벼리는 그것을 알아채고 생일에서 나온 두 수의 합과 곱으로 비밀번호를 찾아낸 것이다.

어느새 유나는 현관문을 열고 안을 들여다보고 있었다. 새미가 등 뒤에서 속삭였다.

"들어가 봐."

유나는 한 발을 들여놓고 조심스럽게 집 안을 살폈다. 안쪽 창문으로 햇살이 들어와 실내가 환했다. 밖에서 봤을 때는 아담한 양옥이었지만 내부는 천장이 높아 넓어 보였다. 유나가 들어가기를 망설이며 서 있자 새미가 먼저 신발을 벗고 거실로 들어갔다. 그러자 유나도 신발을 벗고 조심스럽게 들어갔다. 뒤따라 준수와 벼리가 안으로 들어갔다. 거실 천장에 샹들리에가 매달려 있는 것 말고는 실내 인테리어가 단출했다. 넓은 거실에 소파와 탁자만 덩그러니 놓여 있었고 사방 벽은 휑하니 액자 하나 걸려 있지 않았다. 새미가 유나에게 속삭였다.

"도데카 오빠 집은 아닌가 봐. 오빠 사진이 하나도 없잖아."

스타의 집이라면 으레 멋진 포즈를 취한 사진 하나쯤은 걸려 있을 텐데 강해의 사진은 물론 강해의 것으로 보이는 물건도 눈에 띄지 않았다. 새미가 실망한 표정을 짓자 유나는 말했다.

"강해 오빠는 집에 자기 사진을 걸어 놓지 않았다고 했어. 집에

서만큼은 아이돌 스타로 지내고 싶지 않다면서."

　말을 그렇게 했지만 유나도 조금은 실망스러웠다. 안쪽 방까지 둘러보았지만 강해가 머문 흔적은 찾을 수 없었다. 강해와는 상관 없는 장소 같았다. 그렇다면 강해는 왜 이 집에 대한 수수께끼를 남겼을까? 또 박기태 실장은 왜 이 집을 다녀갔을까? 모두가 집 안을 살금살금 돌아다니며 살피고 있을 때 준수가 계단을 가리켰다.

　"저기 올라가 볼까?"

　모두 준수를 따라 계단을 조심스레 밟고 위층으로 올라갔다. 이층 출입문이 따로 있었는데 잠겨 있었고 문 옆에는 모니터가 있었다. 새미가 손을 갖다 대자 화면이 켜졌다. "암호를 입력하시오."라는 말소리가 들리더니 화면에 글이 나왔다. 새미는 소리 내어 글을 읽었다.

　"마니산 정상에서 바라볼 수 있는 거리는?"

　글 아래에 숫자판이 있었다. 질문의 답을 입력하라는 뜻 같았다. 답이 이 출입문을 여는 암호일 것이다. 마니산은 강화도 남단에 있는데 정상에 오르면 꽤 멀리까지 보인다. 서해의 인근 섬은 물론 서울까지 시야에 들어오고, 날씨가 좋으면 개성까지도 보였다.

　"수학 문제야."

　새미가 말하자 유나는 탄식이 나왔다.

　"헐! 또? 어려운 문제야?"

　"조망 거리 구하는 문제인데, 풀 수 있어."

준수가 자신 있게 대답했다. 새미가 덧붙여 말했다.

"조망 거리 구하는 공식에 대입만 하면 돼. 그런데 수학 문제가 나오는 걸 보니 역시 도데카 오빠 집인가?"

그러자 유나는 다시금 귀가 솔깃해졌다. 수학 문제를 풀어야 문을 열 수 있다니 역시 강해다웠다. 문득 마니산에서 찍은 강해의 사진이 생각났다.

"참, 전에 강해 오빠가 마니산 참성단에서 찍은 사진이 있었는데……."

폴리헤드런 홈페이지에서 그 사진을 본 적 있었다. 마니산은 우리 민족의 시조 단군왕검이 강림한 장소로 알려져 있는데, 서쪽 봉우리에 높이 5미터의 참성단이 있다. 매년 개천절에는 이곳에서 제전이 열리고 전국체전 성화도 여기서 채화된다. 강해는 작년에 마니산에서 열렸던 개천절 행사에 참석해서 초지진에서 광성보까지 횃불을 들고 뛰기도 했다. 새미도 기억이 떠올라 덧붙였다.

"맞아. 개천절 행사 때 도데카 오빠가 왔었잖아."

그러고는 준수에게 물었다.

"조망 거리 구하는 공식 알아? 이것도 방정식 문제지?"

그러자 벼리가 고개를 저었다.

"하, 함수야."

"함수? 그렇겠다. 산 높이와 조망 거리 사이에 관계식이 성립하니까, 엄밀하게는 함수 문제겠네. 그런데 마니산 높이가 얼마나 되지?"

"470미터."

준수가 대답하며 휴대 전화를 열었다. 조망 거리 구하는 공식에 마니산 높이만 대입하면 되는데, 제곱근을 구해야 해서 계산이 조금 복잡했다. 준수가 휴대 전화 계산기를 사용하려는데 벼리는 어느새 문제를 풀고 있었다. 준수는 벼리가 계산한 것을 보며 말했다.

"77.5643……. 답이 딱 떨어지지 않네."

벼리는 소수점 아래 넷째 자리까지 구한 뒤 다음 자릿수를 계산하는 데 몰두했다. 옆에서 벼리의 계산을 보던 새미가 말했다.

"다섯째 자릿수가 0이네. 그럼 답은 거기까지만 구해도 되지 않나?"

그러자 벼리는 고개를 강하게 저었다.

"아, 아니야. 여, 영 다음에 일, 칠……. 계, 계속 구해야 돼."

벼리의 계산은 77.5643 다음으로 017이 더 붙었다. 어느덧 소수점 아래 일곱 자리가 넘었는데도 벼리는 계산을 계속 더 하려 했다. 가만히 지켜보던 유나가 눈살을 찌푸리고 답답하다는 듯 말했다.

"아이참, 반올림하면 되잖아."

유나는 재빠르게 화면을 띄우고 번호판에서 7과 8을 눌렀다. 유나가 숫자 8을 입력하자마자 경쾌한 소리가 울렸다. 띠리릭. 그와 동시에 출입문에서도 찰칵 소리가 났다.

"문이 열렸어!"

산(P)의 높이가 x(470m, 0.47km)이고 조망 거리를 y라고 할 때 그 값은 원의 접선의 길이가 된다. P에서 접선의 길이인 y의 값을 구하는 공식은 아래와 같다. 높이 x의 값에 따라 y의 값이 달라지는 함수 관계식이 된다. 지구의 평균 지름에 해당하는 d는 12800km이다. 마니산 정상에서의 조망 거리를 계산하면 약 78km가 된다.

$$y^2 = x(x + \text{d}) = 0.47(0.47 + 12800)$$
$$= 6016.2209$$
$$\therefore \ y = \sqrt{6016.2209} = 77.5643017\cdots$$
$$\fallingdotseq 78\text{km}$$

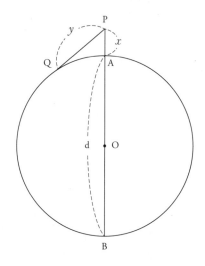

모두들 출입문을 쳐다보았다. 유나가 의기양양한 표정으로 문 손잡이를 잡고 돌렸다. 그러고는 문을 살며시 열어 얼굴만 빼꼼 들이밀고 안을 들여다보았다.

　"큰 방이야. 아무도 없어."

　유나는 방을 둘러보며 말했다. 넓은 방에 소파와 탁자가 놓여 있는 거실 같은 공간에는 두꺼운 커튼이 쳐져 있어 어두컴컴했다. 유나가 조심스럽게 안으로 들어가자 나머지 아이들도 뒤따라 들어갔다. 안으로 조금 더 들어가니 방이 하나 더 있었다. 그곳은 창문 커튼이 열려 있어 햇빛이 들어와 환했다. 숲속 풍경이 보이는 창가에 침대와 책상이 놓여 있었고 책상 위에 컴퓨터 모니터가 있었다. 뒤따라온 새미가 방 안을 둘러보며 유나에게 속삭였다.

　"이상하지 않니? 도둑 든 것처럼 방이 엉망이야."

　탁자가 한쪽으로 밀쳐져 있고 책상은 삐뚤게 놓여 있었다. 서랍도 모두 열린 채 물건이 어지럽게 방바닥에 흩어져 있었다. 유나는 바닥에 떨어진 옷을 보고 황급히 주워서 자세히 살폈다.

　"어? 이 옷은……."

　"다면체 큐빅이 달려 있잖아. 도데카 오빠 옷 같은데?"

　"맞아. 강해 오빠 옷이 틀림없어. 앨범 재킷에도 이 옷 입은 사진 있어."

　유나는 강해의 옷을 금방 알아보았다. 양쪽 어깨에 큼지막한 다면체 큐빅이 박힌 가죽점퍼인데, 강해가 앨범 재킷 사진을 찍을 때

입었던 옷이다. 유나의 휴대 전화 바탕화면 속 강해도 이 옷을 입고 있다. 유나는 옷을 가지런히 개서 침대 위에 조심스럽게 놓았다. 갑자기 새미가 유나의 팔을 쳤다.

"유나야, 저것 좀 봐."

새미는 준수가 들고 있는 액자를 가리켰다. 바닥에 엎어져 있던 액자를 준수가 뒤집어서 벽에 세워 놓았다. 액자를 보던 유나의 눈이 커졌다.

"강해 오빠 블로그에 있는 그림이잖아."

유나는 흥분했다. 액자 안에 다면체 도형이 그려져 있었다. 정십이면체. 바로 강해를 상징하는 도형이었다. 새미도 두 손을 맞잡고 기뻐했다.

"맞아. 다빈치가 그린 그림이라고 도데카 오빠가 그랬어."

강해는 이 그림이 레오나르도 다빈치가 그린 도형이고, 이 정십이면체는 열두 개의 정오각형 면과 서른 개의 모서리, 스무 개의 꼭짓점을 가지고 있다는 설명도 덧붙였다. 새미는 이 그림을 책에서 찾아보기도 했었는데, 1500년대 이탈리아 수학자가 쓴 책에 나오는 그림이라고 읽었던 기억이 났다.

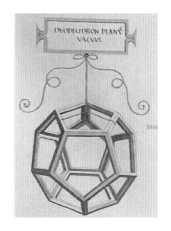

"강해 오빠가 자기 방에 이 그림이 걸려 있다고 했는데……. 새미야, 여기 정말 강해 오빠 방인가 봐."

유나는 새미의 손을 마주 잡고서 어쩔 줄 몰라 했다. 강해의 방이라고 생각하니 감격스러웠다. 수학 문제 암호가 걸린 출입문이나 정십이면체 그림이 든 액자를 보니 강해가 쓰던 방이 맞는 듯했다. 하물며 강해가 입었던 옷도 있지 않나. 유나는 강해가 머물렀던 공간을 느끼려는 듯이 숨을 크게 들이쉬었다.

"그런데 오빠는 어디 있지?"

새미가 힘없이 말했다. 물건이 어지럽게 놓여 있는 것을 보니 강해가 여기서 지내고 있는 것 같지는 않았다. 아니면 이 방에서 지내다가 어딘가로 갔을지도 모른다는 생각도 들었다. 실종된 뒤부터 방을 사용하지 않았을 수도 있다.

벼리는 벽에 세워 둔 액자를 보다가 벽에 박혀 있는 못이 눈에 들어왔다. 액자를 걸어 두었던 것 같았다. 액자를 왜 내려놨을까? 벼리는 예리한 눈으로 액자가 내려진 벽면을 찬찬히 살폈다. 아래층에서 봤던 기둥 사이 공간이 떠올랐다. 아마도 이 방과 연결된 듯했다. 벼리는 손으로 벽을 만져 보았다.

"벼리야, 뭐 해?"

준수가 다가왔으나 벼리는 대꾸하지 않고 손바닥에 느껴지는 촉감에 집중했다. 금이 간 것처럼 느껴지는 자리가 있어서 손으로 눌렀더니 움푹 들어갔다. 그러고는 갑자기 철컥 소리가 나며 벽이 움직였다. 벼리는 놀라서 뒤로 주춤 물러섰다. 옆에 있던 준수가 벼리의 팔을 잡았다.

"어떻게 된 거야? 벽이 움직여."

육중한 소리를 내며 벽이 옆으로 스르륵 움직이고 있었다. 모두들 놀란 눈으로 움직이는 벽을 숨죽이며 쳐다보았다. 곧이어 벽이 열리고 방이 나타났다.

"와아!"

모두 눈이 휘둥그레져서 함성을 질렀다. 그러고는 저마다 흥분해서 한마디씩 했다.

"영화에 나오는 방 같아. 벽이 스르륵 열리고 비밀의 방이 나타났어."

"패닉룸 말이지? 이게 그런 방인가 봐."

"근데 어떻게 열었어? 벼리가 연 거야?"

모두들 벼리를 돌아보았다. 벼리가 손으로 누른 자리에 문이 열리는 비밀 버튼이 숨겨져 있었던 것이다.

아이들은 방 앞에서 안을 기웃거렸다. 밀실은 햇빛이 들어오는 바깥보다는 약간 어두웠지만 완전히 캄캄하지는 않았다. 안쪽에서 불빛이 새어 나오는 듯했다. 준수가 목소리를 낮추고 말했다.

"들어가 볼까?"

모두의 얼굴에 호기심과 함께 주저하는 기색이 나타났다. 남의 집에 몰래 들어오긴 했지만 막상 숨겨진 비밀스러운 방이 나오자

선뜻 들어가기가 겁이 났다. 괜히 들어갔다가 무슨 봉변을 당할까 봐 걱정도 되었다. 혹시나 벽을 잘못 건드려서 문이 갑자기 닫히기라도 하면 어쩌나 두렵기도 했다. 새미가 말했다.

"잘못 들어갔다가 큰일 날 수도 있어. 그래도 궁금하긴 하다."

"그래, 강해 오빠하고 관련이 있을지도 모르잖아."

"여기까지 왔는데 한번 들어가 보자."

준수가 아이들의 얼굴을 바라보며 말했다. 벼리가 고개를 끄덕였다. 준수는 용기를 내어 안으로 한 걸음 들어갔다. 지켜보는 아이들의 얼굴에는 어느새 두려움은 걷히고 호기심이 가득했다. 준수는 한 걸음 더 조심스럽게 내디뎠다. 그러고는 깜짝 놀라서 그 자리에 우두커니 서 버렸다.

비밀의 방에 갇히다

강해는 소시지 통조림을 땄다. 그러고는 플라스틱 숟가락으로 카레 소스를 떠먹으며 탁상시계를 봤다. 두 바늘 모두 12를 가리키고 있었다. 일요일 정오. 나흘을 채우고 세 시간을 더 넘겼다. 수요일 오전부터 닷새째 이 밀실에 갇혀 있었던 것이다.

직사각형의 작은 방 안에는 아껴 먹으면 몇 달은 버틸 수 있는 각종 통조림과 건빵이 선반을 채우고 있었고 물도 넉넉하다. 침대와 침낭, 구급약품이 갖춰져 있고 한쪽 구석에는 변기도 놓여 있었다. 장기간 피신해 안전하게 지낼 수 있는 패닉룸이었다. 강화 별장을 구입한 지 몇 달이 지나서 강해는 우연히 이 밀실을 발견했다. 이전에 살던 사람이 만들어 둔 것 같았다. 실향민이었던 집주인은 오랫동안 전쟁에 대한 공포와 피해망상에 시달렸다는 말을 얼핏 들었었다. 아마도 그 때문에 이런 곳을 만들었으리라.

갑작스레 아이돌 스타가 된 강해는 한동안 사생활이 없었다. 그래서 올해 고등학교를 졸업하자마자 고향 강화에 휴식처로 사용할 별장을 몰래 마련했다. 하지만 박기태 실장이나 매니저가 무시로 드나들기 시작했다. 그 무렵 이 방을 발견한 것이다. 사람들이 있을 때면 강해는 여기에 들어가서 혼자만의 시간을 즐겼다. 아무도 모르는 아지트처럼, 어떤 때는 들어가서 하루 종일 멍하니 누워 있다가 나오기도 했다.

지난주에도 강해는 별장에 왔다. 해질 무렵이면 사람들이 뜸한 부근리 고인돌까지 조깅도 즐겼다. 16킬로미터 정도 되는 구간을 달리거나 걷다 보면 몇 시간 동안 운동에만 집중할 수 있었다. 지난 화요일, 이곳에 갇히기 전날에도 강해는 고인돌 앞까지 달려갔다가 석양을 보고 돌아왔다. 그런데 그날 주머니에 늘 넣어 다니던 십이면체 돌을 그만 잃어버렸다. 아마도 벤치에 앉았다가 떨어뜨린 것 같았다. 왠지 좋지 않은 일이 일어날 것 같은 예감도 들었다. 그리고 다음 날 아침, 밀실에 갇히고 만 것이다.

사실 전날 밤에도 심상찮은 조짐이 있었다. 운동을 마치고 별장에 돌아오자 위층에서 무슨 소리가 들렸다. 올라가 보았더니 밀실이 열려 있었다. 누가 들어왔던 흔적은 없어 보여서 깜박 잊고 문을 열어 두고 나갔었나 보다 하고 대수롭잖게 생각했다. 그런데 다음 날 아래층에서 아침을 먹고 올라와 보니 닫아 뒀던 밀실 문이 또 열려 있었다. 밀실에 들어가 보니 노트북이 없어졌고 물건도 어지럽게 흩어져 있었다. 이상하다고 생각한 순간, 갑자기 문이 저절로 움직이며 닫혔다. 안에서 문을 여는 버튼을 재빨리 눌러 보았지만 작동되지 않았다. 그때부터 강해는 꼼짝없이 이 방에 갇히고 말았다.

강해는 갇혀 있는 동안 곰곰이 생각해 보았다. 처음엔 문이 고장 났다고 생각했으나 아무래도 밖에서 누가 문을 닫은 것 같았다. 안에서 여는 버튼도 부서져 있었기 때문이다. 누군가 밀실에 들어가서 버튼을 부숴 놓고는 강해가 들어가자 문을 닫아서 가둔 것 같았다.

"출입문 암호도 알았다는 거네……."

강해는 이층 출입문 암호를 자주 바꿨다. 비밀번호를 단순히 누르는 게 아니라 문제를 내서 답을 입력하도록 했고 문제도 자주 바꾸었다. 그것을 박기태 실장은 수학을 좋아하는 강해의 장난쯤으로 여겼다. 그는 암호가 귀찮아서인지 강해의 사생활을 보호해 주려는 뜻인지 이층에는 웬만해선 올라오지 않았다.

"박기태 실장이……."

박기태가 이층에 올라왔고 이 밀실도 알게 된 것 아닐까? 별장에 자주 드나드는 박기태가 가장 수상했다. 최근 박기태는 별장에 부쩍 자주 왔다. 강해가 있건 없건 아무 때나 제집 드나들듯 해서 강해가 화를 낸 적도 있었다. 얼마 전부터 강해는 박기태를 피하기 시작했다. 그가 오면 밀실에 들어가 있다가, 가고 나면 나오곤 했다. 그즈음 박기태의 파렴치한 정체를 알게 되었기 때문이다.

보름 전쯤, 박기태가 옷이 흠뻑 젖어 별장에 들어온 적이 있었다. 강해와 맞닥뜨리자 그는 요트가 좌초되어 바다에 빠졌다고 투덜거렸다. 강해가 그날은 조수 차가 심한 날이라고 말해 주었더니 박기태는 약간 당황해하며 "돌섬이 물에 다 잠기려나." 하고 혼잣말을 했다. 그날부터 박기태가 좀 이상해졌다. 무슨 근심이 있는 듯이 몹시 초조해하고 안색도 좋지 않았다. 그 이유를 나중에야 알게 되었다.

박기태가 바닷물에 빠지고 며칠 후, 강해는 시간 여유가 생겨서 예기치 않게 강화 별장에 들렀다. 곡을 쓴다는 핑계로 별장에 머무르던 박기태도 외출했는지 보이지 않았고 강해를 태워다 준 매니저도 가고 없어서 모처럼 혼자 편하게 있었다. 그런데 강해가 한잠 자고 일어나 보니 아래층에서 말소리가 들렸다. 강해가 집 안에 있는 줄 모르고 박기태가 거실에서 큰 소리로 누군가와 이야기하고 있었다. 강해의 귀에 박기태의 퉁명스런 음성이 들려왔다.

"이제 와서 밝히는 게 무슨 소용이 있어. 경우, 네가 생각하는 것처럼 그렇게 간단하지가 않아……."

이층 난간에서 살짝 내려다보니, 박기태와 동년배로 보이는 웬

남자가 거실에 앉아 있었다. 친구 사이 같았다. 대화를 들어보니 두 사람은 며칠 전 요트가 좌초된 날에도 만난 듯했다.

"그런데 말이야, 쓸 만한 곡이 더 있더라. 몇 곡 더 만들 생각이야. 새로 편곡 좀 하면 크게 히트할 거야."

남자가 말이 없자 박기태가 계속 말했다.

"경우야, 내 말 좀 들어 봐. 내가 멋지게 노래로 만들어 볼게. 나한테 기회를 좀 줘. 내가 잘되면 왕경우 너도 좋아했잖아. 우리 그런 사이였지, 안 그래?"

"뻔뻔한 소리 집어치워. 병원에 있을 때 날 속이고서 친구 악보를 훔쳐 달아난 놈이 뭣이 어째? 내가 잠자코 있으니 모를 줄 알았지. 네가 사람이야?"

왕경우라는 남자의 목소리가 높아졌다. 박기태도 얼굴을 붉히며 윽박질렀다.

"그럼 계속 잠자코 있지, 왜 나타나서 나한테 이러는 거야? 내가 잘되니까 배 아파서 그래? 야아, 왕경우. 내가 성공하면 너한테 보답한다잖아."

박기태가 소리쳤다. 왕경우라는 남자는 단호한 표정을 짓더니 박기태의 팔을 잡고 설득했다.

"기태야, 그러지 마. 내가 어떻게 가만있겠니. 더는 못 본 척할 수가 없어. 너야말로 이러면 안 되는 거잖아. 우리가 어떻게 친구를, 석이를 잊을 수 있어……."

그러자 박기태는 팔을 거세게 뿌리치고 왕경우를 노려봤다.

"나는 친구 아니냐? 죽은 친구 말고 살아 있는 친구 좀 봐 달라는데, 그냥 모른 척하고 내버려 두면 안 되냐? 너만 잠자코 있으면 되잖아."

두 사람은 언성을 높이며 다투기 시작했다. 그 과정에서 강해는 박기태의 정체를 알게 되었다. 박기태는 죽은 친구의 곡을 훔쳐 자신의 노래로 발표해서 성공했었던 것이다. 왕경우는 지금이라도 사실을 밝히자고 말했지만 박기태는 꿈쩍하지 않고 오히려 뻔뻔한 태도였다.

그날 두 사람의 대화를 엿들은 강해는 충격을 받고 밀실에 들어가 오래도록 멍하니 앉아 있었다. 강해는 곡의 진짜 주인인 박기태의 친구에 대해서 알아보기 시작했다. 박기태의 과거에 대해서도 알아보았다. 그가 예전에 가수 활동을 했던 사실은 어렴풋이 알고 있었다. 박기태는 이십 대 때 잠시 밴드 활동을 했다가 솔로 가수가 되어 히트곡도 여러 곡 발표하기도 했다. 하지만 왕경우의 말에 따르면, 자작곡이라고 알려진 박기태의 노래가 사실 친구의 곡이었던 것이다. 최근 박기태는 작곡을 다시 시작했다면서 강해가 써둔 가사에다 곡을 붙여 노래를 만들었는데 그 곡이 큰 인기를 얻었다. 그 곡도 역시 다른 사람의 곡을 베낀 곡이었던 것이다. 강해는 그의 뻔뻔함이 역겨웠다.

"나한테 훔친 노래를 부르게 하다니……."

강해는 주먹을 불끈 쥐고 부르르 떨었다. 생각할수록 화가 치밀었다. 하지만 당장 사실이 밝혀지는 것도 두려웠다. 그 훔친 노래를 부른 사람이 바로 강해 자신이 아니던가. 결국 강해는 아무에게도 말하지 못하고 혼자 끙끙거리며 고민했다. 언제까지나 비밀로 할 수 있을까? 언젠가는 밝혀질 것이다. 그땐 어떡하지? 강해는 아무에게도 털어놓지 못하고 어찌할 바를 몰랐다. 강해의 고민은 더욱 커졌고 나날이 깊어졌다.

강해는 모든 것이 의심스러웠다. 위선적인 박기태가 보기 싫어서 별장에 틀어박혀 그를 피했다. 훔친 노래를 더 이상 부르기가 싫었고 행사에도 나가기 싫었다. 그래서 갑곶돈대 촬영과 폴리헤드런 팬미팅에도 나타나지 않았던 것이다. 하지만 강해는 팬들에게 미안해서 행사 불참에 대해 사과하고 이번 석모대교 개통 기념 마라톤 행사와 팬미팅에는 꼭 참석해야겠다고 다짐했다. 그래도 마음은 여전히 사람들 앞에 나가고 싶지 않았다. 그런 강해의 움직임을 박기태가 알아채고 주시했다면? 그래서 이 밀실도 결국 알게 되었다면?

복잡한 생각에 머리가 혼란스럽던 차에 밀실에 갇히게 되자 강해는 오히려 잘됐다는 생각마저 들었다. 그래서 한동안은 밀실에서 속 편하게 지냈다.

'에라, 모르겠다. 어떻게 되겠지, 뭐.'

하지만 박기태가 강해를 아예 밀실에 감금해 버렸다는 사실을 누가 알 수 있을까? 강해는 시간이 지날수록 걱정이 되기 시작했다. 사실 강해는 지난달부터 소속사와 좋지 않은 일이 있었고 매니저와도 다투었다. 소속사에서는 강해를 드라마에도 출연시키려 했다. 하지만 강해가 거부했고 그 과정에서 소속사와의 불화설도 튀어나왔던 것이다. 소속사와 다투던 중에 갑자기 사라졌으니 모두들 강해가 스스로 잠적했을 거라고 생각할 것이다. 당장 수요일에 예정되어 있던 방송국 인터뷰도 펑크가 났을 것이다.

"내가 감금당했다고는 아무도 생각 못 할 텐데……."

강해가 없어지면 모두들 박기태의 말만 들을 것이다. 소속사에서는 보나마나 강해에게 아무 일도 없다고 둘러댈 테지. 몸살이 났다거나 어딘가에서 휴식을 취하고 있지만 장소는 밝힐 수 없다거나. 지난번 강해가 행사에 불참했을 때도 소속사에서는 그런 식으로 처리했다. 그러자 언론은 강해가 우울증 때문에 잠적했다는 식으로 자기들 입맛대로 기사를 썼다. 강해는 쓴웃음이 픽 나왔다.

"쳇, 다들 아무것도 모르는 주제에……. 뭐가 진실인지 거짓인지 관심도 없지."

강해는 소시지를 씹으며 중얼거렸다. 고무라도 씹는 것처럼 맛이 없었다. 그런데 박기태는 지금 무엇을 하고 있는 것일까. 그가 아직까지 아무 기척이 없는 것이 이상했다. 도대체 무슨 꿍꿍이일까. 단순히 강해를 혼내 주려고 강해를 이 방에 감금해 놓은 게 아니라면? 자신의 잘못을 덮기 위해 그가 앞으로 무슨 일을 벌일지 강해는 두렵기도 했다.

며칠째 바깥 상황을 전혀 모르고 있으니 갑갑했다. 밀실에 두었던 노트북이 없어진 데다 휴대 전화도 밖에 놔두고 들어왔으니 외부에 연락할 방법도 없었다. 밀실의 육중한 이중벽 안에서는 소리가 완전히 차단된다. 게다가 외딴집이라서 안에서 아무리 벽을 두드리고 소리쳐 봐야 소용없을 것이다. 박기태가 열어 줄 때까지 무작정 기다리고 있어야만 하나? 어떻게든 이곳을 빠져나갈 방도를 마련해야 할 텐데 과연 혼자 힘으로 밖으로 나갈 수 있을까?

강해는 통조림을 그만 먹고 치웠다. 그러고는 바닥에 엎드려 팔굽혀 펴기를 하기 시작했다. 밀실에 갇혀 있으니 몸이 굳는 듯했고 애써 다져 놓은 근육도 풀어지는 느낌이었다. 운동량을 더 늘려야겠다고 마음먹었다. 어느덧 얼굴이 땀범벅이 되고 옷이 흠뻑 젖었다. 그래도 강해는 몸을 계속 움직였다. 이렇게라도 단련을 해야했다. 오기도 생겼다.

'박기태가 무슨 짓을 하든 나는 더 강해지리라. 내 이름처럼.'

철컥. 갑자기 육중한 소리가 울렸다. 강해는 운동을 멈추고 귀를 기울였다. 밀실 벽이 스르륵 움직이고 있었다. 벌떡 일어나 벽을 응시했다. 두꺼운 벽이 옆으로 밀리더니 문이 열렸다. 바깥 공기와 함께 웅성거리는 말소리가 들렸다. 강해는 주먹을 쥐고 경계 자세를 취했다. 잠시 뒤 밀실 안으로 누군가 들어왔다. 그 사람은 강해를 보더니 깜짝 놀라서 멈춰 섰다. 강해는 그 사람과 눈이 마주쳤다. 처음 보는 얼굴이었다.

도데카헤드런의 수학 이야기: 이차 방정식

방의 넓이 구하기

얼마 전 집수리를 해서 방이 아주 넓어졌어. 밀실이 있던 공간을 없애고 벽을 터서 크게 만들었지. 이 집 안에 이렇게 큰 공간이 있을 줄은 정말 몰랐다니까. 그럼 이제 문제를 내 볼게.

정사각형 모양의 방을 가로 3m, 세로 2m 늘였더니 넓이가 90m²인 직사각형 모양의 방이 되었지. 그렇다면 이전의 정사각형 방은 넓이가 얼마였을까?

먼저 정사각형 방 한 변의 길이를 x로 하자. 그러면 새로 만든 직사각형 방은 가로의 길이가 $x+3$, 세로의 길이는 $x+2$가 되고, 두 변의 길이를 곱한 넓이가 90이 되었지.

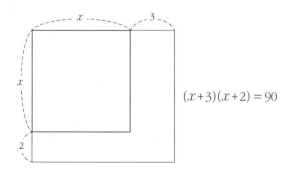

$$(x+3)(x+2) = 90$$

식을 전개하면 $x^2+5x+6=90$, 이것을 정리하면 $x^2+5x-84=0$, x에 관한 이차방정식이 되었어.

x^2와 같이 문자의 곱해진 개수(차수)가 2인 방정식을 이차 방정식이라고 해. 이차 방정식을 푸는 방법은 여러 가지가 있는데, 위의 방정식은 인수 분해를 해서 풀어 보자.

$(x+12)(x-7)=0$ $\therefore x=-12$ 또는 $x=7$

x의 값은 양의 정수이므로 정사각형 방의 한 변의 길이는 7m가 돼. 따라서 원래의 방 넓이는 49m²였어.

그런데 사실은 방의 모양이 그다지 마음에 들지는 않아. 모양이 정사각형에서 직사각형으로 돼 버렸잖아.

만약 한 변의 길이가 7m인 원래의 정사각형 방을 넓이가 2배인 정사각형으로 만든다면 가로와 세로를 얼마만큼 늘여야 할까?

늘여야 하는 길이를 x라고 하면

$(7+x)^2=49\times2$, 식을 전개하면 $x^2+14x-49=0$

그런데 이 방정식은 인수 분해가 되지 않아. 이차 방정식의 풀이는 인수 분해를 하거나 완전제곱식을 이용해 풀 수 있어. 이차 방정식의 인수 분해가 어렵다면 근의 공식을 이용하여 풀면 돼. 일반적으로 이차 방정식을 $ax^2+bx+c=0(a\neq0)$의 꼴로 나타내는데, 이러한 이차 방정식의 근은 아래와 같아. 전개 과정은 생략하는 게 좋겠지?

$$x = \frac{-b \pm \sqrt{b^2 - 4ac}}{2a}$$

이차 방정식에서 x의 값을 구하는 근의 공식을 이용해 위의 이차 방정식 $x^2 + 14x - 49 = 0$의 근을 구해 보자.

$$x = \frac{-14 \pm \sqrt{196 + 4 \times 49}}{2} = \frac{-14 \pm 14\sqrt{2}}{2} \qquad \therefore x = -7 \pm 7\sqrt{2}$$

따라서 넓이가 2배인 정사각형 방으로 만들려면 한 변의 길이를 $7\sqrt{2} - 7$, 약 2.9m 늘이면 돼.

세상의 법칙을 푸는 이차 방정식

이차 방정식의 풀이를 체계적으로 다룬 사람은 대수학을 개척한 아라비아의 수학자 알 콰리즈미였어. 830년에 알 콰리즈미가 쓴 책 『대수학』에서 직사각형의 넓이를 구하는 방법을 이용하여 다양한 유형의 이차 방정식을 푸는 방법을 증명했지. 그 과정에서 이차 방정식의 근을 구하는 공식을 증명할 수 있었어.

이차 방정식은 실생활에서 일어나는 문제를 해결하는 데 많이 활용되고 있어. 앞의 문제처럼 넓이를 구할 때 이차 방정식으로 풀 수 있고, 특히 속도와 시간, 거리에 관한 문제를 다룰 때 이차 방정식을 많이 활용해. 내 방의 암호를 찾는 문제, 조망 거리를 구하는 공식

'$y^2 = x(x+d)$'를 기억하지? 이것도 이차 방정식이야.

우리가 사는 세상의 많은 중요한 법칙은 방정식으로 된 것들이 많아. 여러분이 잘 아는 피타고라스의 정리 '$a^2+b^2=c^2$'(a, b, c는 직각 삼각형의 세 변의 길이)도 이차 방정식으로 나타냈어. 또한 뉴턴이 발견한 만유인력의 법칙도 알고 보면 방정식이야. 뉴턴은 '우주에 있는 임의의 두 물체는, 그 질량의 곱에 비례하고 그들 사이 거리의 제곱에 반비례하는 힘으로 서로 끌어당긴다.'라는 중력 법칙을 증명했어. 이 법칙을 수학적으로 표현하면 다음과 같아.

$$F = G\frac{m_1 m_2}{r^2}$$

(F는 인력, G는 중력 상수, m_1, m_2는 두 물체의 질량, r은 두 물체 사이의 거리)

또한 아인슈타인의 상대성 이론도 방정식으로 표현할 수 있어. '물질의 에너지는 질량에 빛의 속도의 제곱을 곱한 것과 같다.'라는 이론인데 너무나 유명한 방정식이지.

$$E = mc^2$$(E는 물질의 에너지, m은 질량, c는 빛의 속도)

이 방정식은 뉴턴의 이론을 넘어서는 중력에 관한 새로운 이론으로 20세기 과학 혁명을 일으켰지. 시간, 물질, 중력을 다루며 우주의 탄생과 진화의 비밀을 푸는 데 큰 역할을 했고 원자력, 인공위성, 내비게이션 등으로 현대 과학의 발전을 이끌었어.

이런 과학의 법칙을 이해하려면 방정식을 배울 필요가 있겠지? 방정식을 배우는 이유도 우리가 사는 세상의 법칙을 잘 이해하기 위해서야. 방정식 풀이가 그 첫걸음이 될 수 있어. 그러니 방정식을 배워서 어디에 써먹나, 그런 말은 하지 말아 줘. 아니 뭐, 어려우니까 조금은 불평할 수도 있지만 너무 방정식을 미워하지 않았으면 좋겠어.

6부
해를
구하라

드디어 해를 만나다

준수는 밀실 안에 있던 사람과 눈이 마주치자 입을 열었다.

"가, 강해 형⋯⋯."

머리카락을 샛노랗게 물들이고 귓불에 피어싱을 한 강해가 준수를 쳐다보고 있었다. 뒤에 서 있던 유나는 너무나 놀라서 몸이 얼음처럼 굳어져 아무 말도 못 했다. 옆에서 새미가 소리쳤다.

"도데카, 도데카 오빠!"

새미는 두 손을 모아 잡고 흥분했다. 반면 유나는 손을 입에 댄 채 멍하니 서 있을 뿐이었다. 새미가 어깨를 잡고 흔들자 유나는 겨우 정신을 차리고 입을 뗐다.

"강해 오빠⋯⋯."

그제야 강해는 상황이 파악되었다. 어린 팬들이 찾아와 자신을 구해 준 것이다. 강해는 정신을 차리고 밖으로 휘적휘적 걸어 나왔다.

"휴우, 나왔네. 너희가 문을 열었니?"

강해는 아이들을 돌아보았다. 강해와 눈이 마주치자 유나는 감격해서 눈물을 글썽거렸다. 강해 오빠를 만나다니 믿어지지가 않았다. 마치 꿈을 꾸고 있는 것만 같았다. 강해도 감격해했다.

"야아, 고맙다. 그런데 여긴 어떻게 찾아왔니?"

"강해 형이 냈던 문제를 풀어 보고 오두리를 알아냈어요."

"악보에 '파인드 미'라는 문장과 집 주소가 숨겨져 있었어요. 오빠가 혹시 여기 있을지도 모른다는 생각에 찾아와 본 거예요."

준수와 새미가 번갈아 말했다. 강해는 두 사람의 어깨를 잡고 활짝 웃었다. 강해가 냈던 수수께끼를 아이들이 풀어 보고 여기까지 찾아오다니. 강해는 아이들이 대견하고 고마웠다. 박기태 실장과의 사이가 점점 나빠질 때 혹시나 하는 마음에 SNS에 자신이 있는 곳을 은근슬쩍 흘려 놓았는데 용케 찾아와 준 것이다.

"와아, 문제를 다 풀어 봤네. 역시 내 팬들이야. '나를 찾아 줘', 영화 제목에서 따서 만들어 본 건데. 수수께끼를 풀어 보고 여길 찾아오다니 너희 대단하다. 벽에 있는 버튼은 어떻게 찾았어?"

"얘가 찾았어요."

준수가 뒤에 서 있던 벼리를 가리켰다. 그러자 강해의 눈이 커졌다.

"어? 너는……."

강해는 반가워하며 벼리에게 손을 내밀었다.

"고인돌 앞에서 비트박스 하던 애, 맞지? 야아, 네 덕분에 내가 나올 수 있게 됐구나. 고맙다."

벼리는 얼떨결에 강해의 손을 잡았다. 고인돌 앞에서 봤던 자신을 강해가 기억하고 있을 줄은 몰랐다. 강해를 보고도 알은체하지 않고 있었는데, 벤치에 앉아 비트박스를 하고 있었던 벼리를 눈여겨봤던 모양이었다.

준수가 심각한 얼굴로 물었다.

"그럼 여기 계속 갇혀 있었던 거예요?"

"그렇게 됐어. 문이 잘못되는 바람에. 닷새 됐나? 근데 내가 없어진 건 어떻게 알았어? SNS 소식이 없어서?"

"형 실종됐다고 뉴스에 크게 났어요. 팬들이 난리가 난 걸요."

"오빠 죽었다는 기사도 났어요. 거봐, 내가 엉터리 가짜 뉴스라고 그랬지?"

유나가 눈물을 훔치고 의기양양하게 새미를 흘겨보았다.

"뭐야? 내가 죽었다고? 이렇게 멀쩡하게 살아 있는데 죽었다고 하다니, 어이가 없네."

강해는 눈살을 찌푸렸다. 그러자 새미가 말했다.

"오빠가 물에 빠졌다고 기사가 났어요. 다른 이상한 소문도 많이 났어요. 다들 오빠가 여기 있는 줄은 까맣게 모르고 있을걸요.

그런데 오빠, 정말 괜찮아요?"

"보다시피 괜찮아. 씻지 못해서 그렇지. 그다지 불편한 건 없었
거든. 그나저나 팬들이 걱정했겠어. 나만 편히 있었네."

"그런데요, 이상해요."

준수가 고개를 갸웃거렸다.

"뭐가?"

"아까 기획사 실장 아저씨가 다녀갔는데, 왜 형은 여기 갇혀 있
었던 거죠?"

"박기태 실장이 왔다 갔어?"

강해는 입술을 감쳐물었다. 준수가 휴대 전화로 찍은 사진을 찾
아서 보여 주었다.

"이 사람 맞죠? 박기태 실장. 아까 여기서 나가는 거 우리가 봤
어요."

요트를 타고 있는 박기태를 찍은 사진이었다. 요트가 좌초됐다
고 했으니까 그 전에 찍은 것으로 보였다.

"이 사진 어디서 찍었어?"

"석모도에서요. 요트 타고 가는 거
봤어요."

"그래……. 언제?"

"이 주 전쯤에요. 지지난주
주말이었어요."

그러자 강해의 눈이 날카롭게 빛났다. 사진에서 눈을 떼고 준수의 얼굴을 보았다.

"이 주 전 석모도에서 봤다고?"

"예, 맞아요. 석모도에서 요트 타고 가는 거 봤어요."

"석모도에서 요트를 타고……. 어디로 갔는지 알아?"

"섬돌모루요. 벼리야, 맞지?"

강해의 표정이 심상치 않자 준수는 벼리에게 확인을 했다. 섬돌모루는 석모도 나루터에서 바로 건너다보이는 작은 섬이다. 박기태가 섬돌모루에 리조트를 분양받았다는 말을 강해는 들은 적이 있었다.

"섬돌모루에 갔다고?"

그날 박기태는 강해에게 다른 곳에서 요트를 탔다고 말했다. 왜 거짓말을 했을까? 그러고서 며칠 뒤 박기태는 별장에서 친구 왕경우와 다투었다. 섬돌모루에 갔던 그날 무슨 일이 있었던 게 분명했다.

강해는 생각에 잠겨 방 안을 둘러보았다. 그제야 방이 어지럽혀져 있는 것이 눈에 들어왔다. 액자가 내려져 있는 것을 보자 강해는 문득 깨달았다. 방을 나갈 때 액자를 떼 놓고 갔던 것이 화근이었다. 박기태가 방에 들어와 액자가 내려져 있는 것을 이상하게 여기고는, 벽에 있는 버튼을 찾아내 밀실을 발견했을 것이다. 노트북과 휴대 전화가 보이지 않았다. 박기태가 이미 치워 버렸을 것이다.

"폰 좀 빌려줄래?"

강해는 준수에게 손을 내밀었다. 걱정하고 있을 사람들에게 먼저 연락해야겠다는 생각이 들었다. 그런데 회사나 매니저한테 전화하면 박기태가 바로 알게 될 것이 마음에 걸렸다. 폴리헤드런 멤버들에게도 연락하기가 주저되었다. 강해는 동갑내기 지오에게 먼저 연락해서 상황을 알아봐야겠다고 생각했다. 래퍼인 헥사 지오는 매사에 의연하게 대처해서 언제나 듬직했다. 너무 신중해서 생각이 많은 강해와는 달리 당면한 일을 거침없이 시원하게 처리하는 편이었다. 그런 면 때문에 그동안 지오에게 모든 사실을 털어놓기가 주저되기도 했었다. 그래도 지금은 지오가 가장 의지할 만했다. 지오를 만나서 의논한 다음에 회사에 연락하기로 마음먹었다.

그런데 준수에게서 휴대 전화를 건네받은 강해는 순간 난감해졌다. 지오의 전화번호를 모른다는 사실이 떠올랐기 때문이다. 지오뿐 아니라 누구의 전화번호도 외우고 있질 못했다. 디지털 바보가 된 것 같아서 한심했다. 수학을 좋아해 수를 즐겨 다루면서도 정작 가까운 친구의 전화번호조차 외우고 있지 못하다니. 지오의 SNS로 메시지를 보내는 수밖에 없었다.

"지오가 보고 빨리 연락했으면 좋겠네."

지오에게 아무에게도 알리지 말라는 당부와 함께 메시지를 보냈다. 혹시라도 엉뚱한 장난으로 치부할까 봐 사진도 찍어 보냈다.

얼굴을 찍을까 하다가 입고 있던 티셔츠만 찍어서 보냈다. 해외 공연을 갔을 때 지오도 같이 샀던 티셔츠니까 금방 알아볼 것 같았다.

강해는 준수의 휴대 전화를 손에 든 채 지오에게 연락이 오기를 초조하게 기다렸다. 강해가 사라진 동안 지오가 몹시 걱정했을 거라 생각하니 마음이 더 급해졌다. 아마 여기도 와 봤을 텐데. 박기태가 별장에 없다고 얼버무렸을 수도 있다. 멤버들 모두 박기태를 믿었을 것이다.

강해도 불과 열흘 전에야 그의 정체를 알았다. 멤버들이나 그누구에게도 말을 못 하고 혼자 끙끙거리며 고민했다. 스무 살 강해가 감당하기에 너무 큰일이었고 무서웠다. 진실을 밝힐 경우 팬들과 세상의 비난이 두려웠다. 또 박기태와의 관계가 어떻게 될지도 감당하기가 두려웠다. 강해를 지금의 스타로 만든 것은 박기태였다. 그의 지도로 강해는 음악적 재능을 발휘했고 아이돌 스타가되었다.

강해와 박기태의 인연은 어느덧 육 년이나 되었다. 박기태를 처음 만난 것은 강해가 중학교에 막 들어갔을 무렵이었다. 피아노를 잘 치고 음악을 좋아하던 강해는 기타를 배우려고 교습소를 찾아갔다가 그를 만났다. 그때 박기태는 가수 생활을 그만두고 고향 강화에서 기타 교습을 하고 있었다. 강해의 음악적 재능을 알아본 박기태는 강해를 스타로 키우려는 욕심을 냈다. 강해에게 보컬 지도

까지 하며 체계적으로 훈련시켰고, 강해도 박기태의 기대에 어긋나지 않게 잘 배우고 익혔다. 몇 년 뒤 강해는 TV 서바이벌 프로그램에 나가서 어린 나이에도 큰 인기를 얻었고, 아이돌 그룹 폴리헤드런에 들어가 리더가 되었다. 모두 박기태가 뒷바라지한 덕분이었다.

박기태는 고향 후배라며 강해를 아꼈고 강해도 박기태를 선생님이라고 부르며 따랐다. 강해가 처음으로 불렀던 솔로 곡도 박기태가 작곡했다고 해서 몹시 기뻤다. 그런데 그것이 거짓이었다니. 박기태는 최근 전성기를 다시 맞은 듯 성공에 도취되어 강해의 공연이나 방송 때마다 나타나서 작곡가 행세를 했다. 그런 박기태가 지금 강해는 너무나 가증스러웠다.

강해는 이제 박기태와의 관계를 끊어야 할지도 모른다고 생각했다. 갇혀 있는 동안 내내 그런 생각이 들었다. 그래야만 모든 진실을 밝힐 수 있을 테니까. 하지만 박기태와 관계를 끊고 앞으로 어떻게 살아가야 할지 막막하기만 했다. 박기태와 다툰 왕경우라는 사람을 만나 얘기해 볼까? 그 사람은 진실해 보였다. 그와 일단 이야기를 해 봐야겠다고 강해는 결심했다.

고인돌 노트의 진실

잠시 후 강해의 손에 들린 휴대 전화에서 벨 소리가 울렸다. 재빨리 받으니 지오의 음성이 들려왔다. 강해가 울컥했다.

"나야, 해성이야……."

"정말 강해 맞아? 해, 너 괜찮아?"

지오의 목소리가 또 들려왔다. 언제나 느긋하던 지오였지만 이번에는 다급했다. 또 강해가 방 안에 갇혔었다는 말을 듣자마자 평소답지 않게 화를 벌컥 냈다. 강해가 침착하게 상황을 설명하며 박기태가 가둔 것 같다고 하자 몹시 분개하기도 했다. 강해는 지오에게 상황을 간략히 말하고 곧 만나기로 했다. 지오는 당장 강화로 오기로 했다.

잠시 후 통화를 마친 강해는 밀실로 들어가서 물을 벌컥벌컥 마셨다. 강해가 통화하는 동안 아이들은 밀실을 기웃거리며 구경하고 있었다. 밀실을 들여다보던 준수가 말했다.

"안에 침대도 있고 먹을 것도 있네요. 정말 여기서 지낼 수 있겠어요."

"그럭저럭 지낼 만해. 음식 맛은 좀 별로지만."

강해는 생수 한 병을 단숨에 들이켠 다음 통조림과 비스킷 같은 먹을거리를 들고 나와서 탁자 위에 펼쳐 놓았다. 그리고 소시지 통조림 몇 개를 따서 아이들에게 권했다.

"너희 배고프지. 이거라도 먹어 볼래?"

배가 출출했던 아이들은 강해가 갖고 나온 음식을 맛있게 먹었다.

"더 먹고 싶으면 안에서 가져다 먹어. 좀 씻고 올게."

강해는 이렇게 말하고는 욕실로 들어갔다. 급히 샤워하고서 옷을 갈아입고 나왔다. 스키니 청바지에 검정색 티셔츠를 입고 나타나자 아이들의 눈이 쏠렸다. 눈에 띄지 않는 평범한 옷차림인데도 시선을 빨아들였다. 새미가 주섬주섬 전화기를 들이대자 강해가 기겁했다.

"이 몰골로? 야아, 안 돼. 민낯인 데다 스타일도 좀 아니잖아."

새미는 전화기를 내려놓고 배시시 웃었다. 준수는 갑자기 통조림들을 부리나케 치우더니 가방에서 노트를 꺼냈다. 연미정 바닥에서 찾은 악보집이 이제야 생각났던 것이다.

"이거, 혹시 형이 놔둔 거예요?"

준수가 노트를 내밀자 강해는 반색하며 잡아챘다.

"야아, 이것도 찾았어? 안 그래도 이 노트가 걱정돼서 가 볼까 했는데."

강해는 재빨리 노트를 넘겨 한 곳을 펼쳤다. 봐 둔 악보가 있었는데, 가사를 달면 멋진 곡이 될 것 같았다. 준수가 어깨너머로 보며 말했다.

"앞에 고인돌이라고 적혀 있던데요, 밴드 이름이죠?"

"맞아. 고인돌 밴드, 이름이 멋지지? 멤버들이 강화 출신이었대."

"그 밴드에 남궁석이라는 분도 있었죠."

준수가 또 알은체했다. 강해가 노트에서 잠시 눈을 뗐다.

"어? 남궁석을 알아? 어떻게 아니?"

"인터넷에서 봤어요. 저도 성이 남궁이거든요."

"그렇구나. 강화도에 남궁 성씨가 많지……."

강해는 다시 노트를 보며 말했다. 고인돌 노트는 사실 남궁석의 것이었다. 지난번 왕경우가 별장에 다녀간 후 박기태가 쓰던 방에서 이 노트를 찾았다. 며칠 전, 남궁석의 장례식을 치렀다는 한옥 성당에 찾아갔던 일이 떠올랐다. 그곳에서 남궁석을 잘 아는 노인을 만나 이야기를 나누기도 했다. 노인은 젊은 나이에 죽은 남궁석을 몹시 안타까워했다. 그날 성당에서 가까운 연미정에 들렀다가 정자 바닥에 남궁석의 노트를 숨겨 두고 온 것이다. 남궁석의 생일이 9월 7일인 것을 떠올리며 가로 아홉 번째, 세로 일곱 번째 돌 밑에 노트를 두었다. 별장에 놔두면 박기태가 찾아낼 것 같았기 때문에, 일단 그곳에 감춰 놓고 나중에 다시 찾아오려고 했었는데 그만 밀실에 갇히고 말았다. 강해는 갇혀 있는 동안 내내 남궁석의 노트가 걱정되었다. 그런데 그 노트를 준수와 벼리가 찾아온 것이다.

"악보가 그대로 다 있네. 휴우."

남궁석의 작품들이 무사해서 다행이었다. 강해는 안도의 숨을 내쉬고 악보를 덮었다. 그러자 벼리가 더듬거리며 말했다.

"지, 진실이 뭐, 뭐예요? 거, 거짓은…… 뭐고요?"

강해를 만나면 물어보고 싶었던 말이었다. 강해가 벼리를 의아하게 보았다.

"뭐라고?"

"지, 진실, 거, 거짓이라고 했어요……. 렛츠 게릿!"

갑자기 벼리는 랩을 하기 시작했다. 아이들은 모두 벼리를 희한하다는 듯 쳐다봤다. 벼리는 조금 서툴긴 해도 비트를 타며 랩을 더듬지 않고 잘 불렀다. 한 손으로 박자를 타며 부르니 자신이 없던 목소리에 힘이 조금 실렸다.

세상을 속이는 건 — 자신을 속이는 것
진실을 숨기는 건 — 거짓을 숨기는 것

숨지 말고 말 ─ 해 진실을 말 ─ 해
감추지 말아야 해 거짓을 가려야 해
훔친 건 싫어 속임수는 싫어
숨지 마 ─ 숨기지 마 ─ 속임수는 그만

새미는 어느새 벼리의 리듬에 맞춰 손짓을 하며 몸을 가볍게 흔들고 있었다. 랩이 끝나자 새미는 벼리를 향해 손을 들고 외쳤다.

"오, 스왜그! 근데 랩 할 때는 하나도 안 더듬네."

"벼리는 비트박스도 잘해."

"정말?"

준수의 말에 새미가 놀랍다는 듯이 벼리를 보았다. 벼리는 수줍어하며 강해를 슬쩍 쳐다보았다. 벼리가 랩을 하는 동안 강해는 잠자코 듣고만 있었다. 벼리가 부른 랩은 강해가 고인돌 앞에서 불렀던 것이다. 답답한 마음에 즉흥적으로 라임을 맞춰 읊조렸는데 벼리가 들었던 것이다. 벼리는 그때 들었던 강해의 랩이 좋았다. 처음 들었는데도 귀에 쏙쏙 들어왔다. 마음속 뭔가를 말하고 있는 듯했기 때문이다. 그래서인지 가사도 저절로 외워졌다.

"내가 부른 것을 들었구나……."

강해가 한참 만에 침묵을 깨고 천천히 입을 열었다.

"진실이 뭐냐고? 음…… 진실은 바로 이거야."

강해는 들고 있던 남궁석의 노트를 손으로 툭툭 쳤다. 그러고는 힘없이 말을 이었다.

"거짓은 바로 내 노래고."

아이들은 알 수 없다는 표정으로 강해를 쳐다보았다. 그러자 강해는 멋쩍게 웃더니 벼리의 어깨를 가볍게 쳤다. 그리고 활기찬 얼굴로 말했다.

"네가 일깨워 준 것 같네. 진실과 거짓이 무엇인지. 그동안 나도 고민하고 있었는데……."

강해는 그다음 말을 속으로 해 보았다. 이제는 세상에 거짓을 밝혀야겠다고. 강해는 자신에게 다짐이라도 하듯이 말없이 고개를 끄덕였다. 그러고는 밝은 얼굴로 아이들을 보며 말머리를 돌렸다.

"그런데 너희 정말 대단하다. 이 노트까지 찾아내고. 참, 이름이 뭐니?"

"저는 남궁준수, 얘는 최벼리예요. 연미정에서 같이 악보 노트를 찾았어요. 저희는 형이 졸업한 강화중학교 3학년이에요."

"준수, 벼리. 내 후배네. 반갑다. 그럼, 너희는?"

강해가 돌아보자 이번엔 새미가 대답했다.

"저는 온새미고요, 얘는 고유나예요."

"그래, 새미, 유나. 나중에 사진 같이 찍자. 유나 너도 뭐 좀 먹어. 하긴 음식이 별로 맛이 없지."

강해가 말을 걸자 유나의 얼굴이 빨갛게 물들었다. 유나는 배가 고팠지만 음식을 먹을 수가 없었다. 아까부터 가슴이 계속 쿵쿵 뛰고 떨렸다. 성격이 대범하고 웬만한 일에도 시큰둥하게 반응하던 유나였지만, 아이돌 스타 강해를 눈앞에서 만나니 너무 떨려 아무 말도 못 하고 있었다. 유나는 숨을 한번 내쉬고 아까부터 하려던 말을 우물쭈물 꺼냈다.

"저, 이거요……. 오빠 거죠?"

유나는 손바닥을 펼쳐 다면체 돌을 내밀었다. 그러자 강해가 활짝 웃음을 지었다.

"어? 이 돌 찾았네. 고인돌 앞에서 잃어버린 것 같았는데."

강해는 돌을 집어 손바닥에 올려놓고 잠시 보더니 유나에게 다시 건넸다.

"자, 이 돌은 유나 네가 가져. 너희는 나를 구해 준 최고의 팬이야."

유나는 다면체 돌을 받고 활짝 웃었다. 강해의 십이면체 돌을 간직하고 싶은 유나의 마음을 강해가 읽었던 것일까. 강해는 노트를 가방에 넣고 일어섰다.

"여길 나가야겠어. 얘들아, 가자!"

박기태가 언제 돌아올지 몰랐다. 남궁석의 노트를 강해가 가져간 것을 박기태도 이미 알아챘을 것이다. 강해를 밀실에 가둬 둔 동안 박기태는 어떻게든 진실을 숨기려고 했을 것이다. 강해를 보면 노트를 내놓으라고 협박을 할지도 몰랐다. 강해는 가방을 들고 모자와 마스크를 부리나케 챙겼다. 그러고는 아이들과 함께 방을 나왔다. 아래층을 살핀 다음 계단을 내려가던 강해는 걸음을 멈추고 돌아섰다.

"너희 먼저 내려가. 금방 따라갈게."

강해는 계단을 다시 올라가서 이층 출입문 앞에 섰다. 출입문 암호를 변경하기 위해서였다. 암호를 찾는 문제를 입력하는 동안 강해의 입가에 웃음이 흘렀다.

지구를 떠나려면 얼마나 빨리 날아가야 하나?

문제를 낸 강해의 얼굴에는 장난기가 가득했다. 지구에서의 탈출 속도를 구하는 문제였다. 물체가 지구를 떠나 우주 공간으로 날아가려면 지구의 중력장을 벗어나야 한다. 이때 중력장을 탈출하기 위해서는 최소한의 속도를 가져야만 하는데, 이를 '지구 탈출 속도'라고 한다.

공중으로 쏘아올린 물체가 떨어지는 것은 중력 때문이다. 물체는 포물선을 그리며 지구 중심 방향으로 떨어지게 된다. 그래서 우주 비행에 성공하려면 지구의 중력장을 벗어날 수 있을 정도로 강력한 추진력을 가진 로켓이 필요하다. 이 로켓이 중력장을 벗어날 수 있는 최소한의 속도, 즉 '지구 탈출 속도'는 어떻게 알아낼 수 있을까? 탈출 속도를 $v(\text{m/s})$, 행성의 반지름을 r(m)이라고 하면, $2gr = v^2$이 성립한다. 지구의 중력 가속도 g는 9.8m/s이고, 반지름은 약 6400킬로미터이다. 지구에서 탈출하는 속도는 다음과 같다.

$$v^2 = 2gr = 2 \times 9.8 \times 6400000 = 125440000$$

$$\therefore v = \sqrt{125440000} = 11200m = 11.2km$$

속도가 초속 11.2킬로미터 이상 되어야만 물체가 지구의 중력장을 벗어나 우주로 나갈 수 있다. 즉 지구를 떠나려면 최소한 초속 11.2킬로미터로 날아가야 한다.

"흐흐, 이렇게 해 놓으면 못 들어가겠지. 문을 부순다면 모를까."

강해는 키득거리며 아래층으로 내려왔다. 모자를 쓴 뒤 현관문을 열고 나갔다. 아이들이 마당에서 기다리고 있었다. 강해가 마스크를 착용하며 대문을 나가려 할 때 준수가 막아섰다.

"형, 잠깐만요. 제가 먼저 나가 볼게요."

강해는 마당에 멈추고 섰다. 준수가 대문을 나가서 골목을 살핀 다음 큰길을 바라봤다. 차가 다니는 도로를 쳐다보던 준수가 놀라며 재빨리 대문 옆에 몸을 숨겼다. 검은 승용차 한 대가 도로에서 오솔길로 막 들어오고 있었다. 준수는 헐레벌떡 집으로 들어갔다.

"형, 아까 그 자동차, 박기태 실장 차가 와요. 지금 골목으로 들어오고 있어요."

"그래? 하마터면 마주칠 뻔했네. 빨리 이쪽으로."

강해가 재빨리 몸을 돌려 집 뒤쪽으로 향했다. 아이들도 모두 서둘러 뒤뜰로 따라갔다. 하얀 꽃이 핀 치자나무 옆에 쪽문이 있었다. 강해는 문고리를 젖혀서 열고 아이들을 먼저 내보낸 다음 마지막으로 밖으로 나왔다. 문밖에는 수풀이 우거져 있었고 산책로가 냇가를 따라 나 있었다. 개천에는 징검다리도 놓여 있었다. 부르릉. 자동차 소리가 가까이 들려왔다. 박기태가 집 앞에 도착한 듯했다.

"어떡하지? 오두돈대로 가야 하는데……."

강해가 미간을 찡그렸다. 오두돈대에서 지오를 만나기로 했다. 오두돈대는 별장에서 가까우면서도 인적이 뜸한 편이었기 때문이다. 아까 준수의 휴대 전화로 서울에서 출발했다는 연락이 왔으니 조금 기다리면 지오가 도착할 것이다. 그런데 오두돈대로 가려면 대문 쪽으로 지나가야 하는데 그러면 박기태가 볼 수도 있다. 거실이나 이층에서 길이 훤히 내려다보이기 때문이다. 준수는 길모퉁이에서 얼굴을 내밀고 앞을 살폈다.

"대문 앞에 자동차가 섰어요. 박기태 실장이 차에서 나와요. 지금 집으로 들어가요."

준수가 생중계하듯이 집 앞 상황을 전했다. 강해는 잠시 생각을 해 보고는 말했다.

"안 되겠다. 오두돈대로 가려다간 박 실장한테 들키겠어. 지오한테 딴 데로 오라 해야겠네. 어디서 보는 게 좋을까……."

그러자 벼리가 더듬거리며 손짓했다.

"과, 광, 광성보가 가, 가까워요. 저, 저쪽으로 가면⋯⋯."

"광성보가 가깝긴 한데. 저쪽에도 길이 있나?"

강해가 수풀이 우거진 곳을 보며 고개를 갸웃했다. 벼리가 자신 있게 대답했다.

"예. 기, 길, 있어요."

벼리는 산책로 반대편 잡초가 무성한 곳을 가리켰다. 준수가 옆에서 거들었다.

"벼리가 잘 아나 봐요. 벼리는 강화도 길은 다 알아요. 모르는 곳이 없어요."

준수의 말대로, 벼리는 강화도의 웬만한 길은 자전거를 타고 다니면서 전부 가 봤다. 강해의 별장에서 북쪽으로는 오두돈대가 있고 남쪽에는 광성보가 있었다. 별장 뒤편 수풀이 우거진 곳을 지나면 길이 나오고, 그 길을 조금 가다 보면 광성보로 가는 도로가 나온다는 것이다. 강해가 벼리를 보고 물었다.

"정말 이쪽으로 가면 길이 있어? 그럼 광성보에서 지오를 만나야겠다. 벼리 네가 길 좀 안내해 줄래?"

벼리는 고개를 끄덕였다. 준수가 집 뒤에 세워 둔 자전거를 끌고 왔다.

"형, 이거 타고 가요."

"고맙다, 준수야. 네 전화기는⋯⋯."

"괜찮아요. 이따 자전거하고 같이 주세요. 형, 어서 가요."

"그럴까? 그럼 너도 광성보로 올래? 거기서 보자."

강해는 자전거를 끌고 벼리를 뒤따랐다. 벼리는 잡초를 헤치고 앞서 나갔다. 수풀을 지나던 강해는 돌아서서 손을 흔들었다.

"참, 새미하고 유나, 잘 가라. 나중에 또 보자."

새미와 유나도 아쉬움이 가득한 얼굴로 손을 흔들었다. 둘은 강해가 보이지 않을 때까지 계속 서 있었다. 강해와 벼리는 수풀을 지나서 오솔길이 나오자 자전거를 타고 광성보로 향했다.

해를 구하라─강화도 탈출기

오솔길을 벗어나자 자동차가 달릴 수 있는 넓은 길이 나왔다. 강해는 지오에게 광성보로 오라고 연락을 한 뒤 자전거를 타고 달렸다. 강해의 옆을 호위하며 벼리도 힘차게 페달을 밟았다. 곧이어 광성보를 알리는 표지판이 보이더니 저만치 웅장한 안해루가 나타났다.

두 사람은 광성보 앞으로 갔다. 주차장에는 자동차가 많았고 관광버스도 몇 대 들어와 있었다. 매표소 앞에 사람들이 몰려 있어 강해는 모자를 바짝 눌러쓰고 어깨를 움츠러뜨렸다. 그러고는 마스크 위로 두 눈을 반짝거리며 앞을 살폈다. 벼리도 덩달아 긴장하며 주위를 두리번거렸다. 안해루 정문 앞에 단체 관광객들이 떼 지어 있는 것을 보더니 강해가 고개를 저었다.

"안 되겠어. 도저히 못 들어가겠는걸."

"저, 저쪽으로 가요. 새, 샛길이 있어요."

벼리가 말했다. 그러고는 자전거를 몰아 왔던 길로 되돌아갔다. 강해도 자전거를 되돌려 따라갔다. 벼리는 로터리 교차로에 닿기 직전 갑자기 왼쪽으로 방향을 틀더니 샛길로 들어갔다. 눈에 잘 띄지 않는 작은 길이라 뒤따라가던 강해는 하마터면 놓치고 지나칠 뻔했다. 좁은 길은 들어서자마자 굽어 있어 막다른 길처럼 보였다.

"야아, 이런 길은 어떻게 알았냐? 내비게이션에도 나와 있지 않을 것 같은데."

강해가 뒤따라가며 감탄했다. 한적한 오르막길을 올라가니 허름한 식당이 나오고 광성보 외곽에 쌓은 축대가 나타났다. 자전거를 끌고 조금 더 올라가자 철책 울타리가 나왔다. 벼리는 철책에 뚫린 작은 출입구를 찾아냈다. 광성보 안 배나무 밭에서 농사를 짓는 주민들이 드나드는 통로였다. 벼리도 광성보를 둘러보다가 우연히 알게 되었는데, 정문을 거치지 않고 광성보 언덕에 바로 오를 수 있었다.

벼리는 주위를 한번 돌아본 다음 자전거를 끌고서 철책 출입구 안으로 들어갔다. 그런 다음 주변을 살피고는 강해에게 들어오라고 손짓했다. 강해도 광성보 안으로 들어갔다. 두 사람은 사람들 눈을 피해서 언덕으로 올라갔다. 앞을 바라보니 강화해협이 내려다보였다. 절벽에 서 있는 위풍당당한 요새 용두돈대도 보였다. 강해가 경치를 보고 감탄했다.

"정말 아름답다. 저기는 강이야, 바다야?"

강화해협은 한강과 임진강이 합해져 월곶에서부터 황산도 사이를 남북으로 흐르는 곳이다. 강물이 바다로 흐르며 해수가 밀려들어오는 곳이다. 해수면의 차가 커서 물살이 몹시 빠르고 거세다. 특히 용두돈대 앞은 기암괴석과 소용돌이 물결이 장관을 이루는 곳으로, 돌출된 암석을 때리는 물소리가 요새 전체에 울려 퍼졌다.

경치를 잠시 내려다본 후 벼리와 강해는 더 높은 곳으로 이동했다. 광성보 고지에 있는 손돌목돈대에서 지오를 만나기로 했기 때문이다. 외적의 침입을 막기 위해 세운 광성보는 몇 개의 돈대를 거느리고 있으며 아래쪽에는 덕진진과 초지진이 자리했다. 1871년 신미양요 때 미군 함대가 덕진진과 초지진을 점령하고 광성보로 쳐들어와 치열한 전투가 벌어졌다.

높은 지대에 자리한 손돌목돈대에 오르니 주변 경치가 더 잘 보였다. 돈대 아래 손돌목이라는 여울이 있는데 급류가 심해 배가 다니기 힘든 곳이었다. 이곳에는 뱃사공 손돌에 관한 설화가 전해지고 있기도 했다. 강해가 돈대 앞에 적힌 안내판을 읽어 보고 고개를 끄덕였다.

"아하, 그래서 손돌목돈대라고 했구나. 돈대 이름이 특이하다 했어."

손돌의 이야기는 벼리도 잘 알고 있었다. 고려 때 몽골의 침입을 피해 왕이 피난을 갈 때 뱃사공 손돌이 물살이 센 여울로 배를 몰자 왕은 손돌을 의심해 그를 죽였으나, 손돌은 죽기 전에 위험한 물길을 벗어날 방법을 알려 줘서 왕이 탄 배가 강화에 무사히 닿을 수 있었다는 이야기다. 그 뒤 이 여울목은 '손돌목'이라 불리고 있다. 해마다 손돌이 억울하게 죽은 날 무렵이면 추운 바람이 불어오는데 그 바람을 '손돌바람'이라고 부른다고 한다. 이날이 되면 어부들은 바다에 나가는 것을 삼갔고, 본격적인 겨울 추위를 대비해 두꺼운 옷을 마련하는 풍습이 생기기도 했다.

"지오가 도착했대. 이리로 오고 있어."

강해가 휴대 전화 메시지를 보고 말했다. 벼리가 찾은 길을 강해가 메시지로 알려준 덕분에 지오도 인파가 많은 정문을 피해서 샛길로 오고 있었다. 강해와 벼리는 손돌목돈대 안으로 들어갔다. 사람들로 붐비는 용두돈대와는 달리 고즈넉했다. 지오를 기다리며 돈대 안을 둘러보았다. 조선 숙종 때 축조된 돈대는 성곽 길이가 108미터고 무기고도 남아 있었다. 비록 포좌가 세 대에 불과했던 자그마한 돈대지만 신미양요 때 미군과 치열한 백병전이 벌어졌던 현장이었다.

"저기 지오 온다."

돈대 입구를 보던 강해의 얼굴이 환해졌다. 벼리도 돌아보았다. 헥사 지오가 주위를 경계하며 돈대 안으로 성큼 들어오는 것이 보였다. 모자를 눌러쓰고 마스크를 하고 있었지만 큰 키와 화려한 옷차림 때문에 멀리서도 눈에 띄었다. 느슨한 힙합 바지에 울긋불긋한 티셔츠, 묵직한 목걸이와 팔찌, 목덜미에 드러난 타투. 지오를 쳐다본 순간 벼리의 입가에 웃음이 피어났다. 누가 봐도 아이돌 래퍼 지오인 티가 팍팍 났다.

"지오야."

강해가 손을 들어 흔들었다. 지오는 한달음에 다가오더니 다짜고짜 강해를 세게 끌어안았다.

"해, 괜찮아?"

"응……. 야, 인마. 숨 막혀."

덩치 큰 지오의 품에 안기자 강해가 쑥스러워하며 거친 말을 내뱉었다. 지오는 팔을 풀고 강해의 아래위를 훑어보았다.

"어디 다친 데는 없어? 얼마나 걱정했는지 알아? 야아, 별별 끔찍한 소문이 다 났어."

지오는 말을 하고 벼리를 보았다. 강해가 벼리의 어깨에 손을 얹으며 말했다.

"앤 벼리야. 날 구해 줬어. 여기까지 안내도 해 주고."

지오가 쳐다보자 벼리는 수줍어하면서도 지오에게서 눈을 떼지 못했다. 강해를 만났을 때는 그렇지 않았는데 지오를 만나니 마음이 설렜다. 비트박스와 속사포 랩을 구사하는 지오가 한없이 멋졌다. 얼마 전 지오의 펀치라인 모음 동영상을 본 뒤에는 기발한 착상에 놀라 더욱 좋아하게 되었다. 이렇게 지오를 직접 만나 보니 더욱 멋져 보였다.

"어, 새미한테서 전화 왔어."

강해가 들고 있던 준수의 휴대 전화에 새미 이름이 떴다. 별장 앞에서 헤어졌던 새미와 유나는 준수와 함께 버스를 타고 이곳으로 오기로 했다. 전화를 받은 강해는 깜짝 놀랐다.

"뭐라고? 그게 정말이야?"

광성보에 도착했다는 새미에게서 뜻밖의 말을 들었다. 광성보 앞에 박기태가 와 있다는 것이다.

"여길 어떻게 왔지……."

도대체 어떻게 된 일인지 알 수가 없었다. 강해는 새미에게 박기태를 계속 지켜봐 달라고 부탁하고 전화를 끊었다. 지오가 어두운 표정으로 물었다.

"어떻게 된 거야? 박기태 실장이 광성보에 있다니."

"여기 오던 친구들이 방금 봤대. 지오, 너는 박 실장 못 봤지?"

"난 못 봤어. 아무한테도 말 안 하고 왔는데……."

지오가 이곳에 온 것을 아는 사람은 아무도 없었다. 강해의 연락을 받자마자 매니저나 폴리헤드런 멤버들에게도 말하지 않고 곧장 강화로 왔기 때문이다. 게다가 장소도 오두돈대에서 광성보로 갑자기 바꾸지 않았던가. 강해는 고개를 갸웃거렸다.

"도대체 여긴 어떻게 왔을까? 날 쫓아오지는 않았을 텐데……."

"아까 박 실장은 별장에 없다고 하지 않았어?"

"내가 나오자마자 별장에 왔어. 그렇지만 날 쫓아오지는 못했을 거야. 자전거를 타고 숲길로 왔으니까……."

강해의 말을 듣고 있던 지오가 문득 생각난 듯 말했다.

"박 실장이 별장에 있었다고? 내가 별장 앞을 지나왔는데 혹시……."

지오의 짐작대로였다.

박기태는 강해가 떠난 뒤 별장에 들어갔다가 이층 출입문의 암호가 바뀐 것을 곧 알았다. 마음이 급해진 그는 사다리를 타고 창문을 부수고 이층에 올라가서 밀실을 부리나케 열어보고는 강해가 없어진 것을 알았다. 강해가 멀리 가지는 못했을 것 같아서 재빨리 차를 타고 나가 봤지만 강해는 이미 벼리의 안내를 받아 다른 길로 빠져나간 뒤였다. 강해가 출입문 암호를 바꾼 덕분에 박기태가 뒤쫓아 올 시간을 벌어놓았다. 하지만 강해를 찾아 큰길로 나온 박기태는 마침 그때 도로에서 신호를 대기하며 서 있던 지오의 자동차를 보았다. 헥사 지오가 매니저 없이 직접 운전대를 잡고 있는 것을 보고, 지오가 강해를 만나러 가고 있음을 눈치챈 것이다. 지오는 박기태가 쫓아오는 줄도 모르고 강해가 있는 광성보까지 내달렸다.

"다행히 샛길로 와서 날 계속 쫓아오지는 못했나 보다."

지오가 말했다. 강해도 고개를 끄덕였다. 광성보 앞까지 쫓아온 박기태는 코앞에서 지오를 놓치고 말았다. 지오가 샛길로 들어가는 것을 놓친 것이다. 그리고 광성보 앞을 서성이며 지오를 찾는 박기태를 광성보에 막 도착한 아이들이 본 것이다.

"어쨌든 박 실장이 지금 와 있다니까 여길 우선 나가자. 얘기는 나중에 하고."

강해는 초조한 기색을 감추고 지오의 팔을 잡아끌었다. 박기태 눈에 띄지 않게 이곳을 빨리 빠져나가는 것이 좋겠다는 생각이었다. 손돌목돈대를 내려와서 벼리의 안내로 한적한 곳으로 나왔다. 신미양요 때 전사한 병사들의 묘지와 어재연 형제의 쌍충비각 앞을 지났다. 강해가 손짓했다.

"준수가 왔네."

무명용사비 앞에 준수가 서 있었다. 새미와 유나가 광성보 입구에 남아서 박기태를 계속 살피기로 하고, 준수는 정문으로 들어와 이곳에서 강해를 기다렸던 것이다. 바로 앞에 강해가 들어왔던 통로가 보였다. 강해는 자전거와 휴대 전화를 준수에게 넘겨주고 철책 통로를 통과해 광성보 밖으로 나갔다. 준수와 벼리도 철책 밖으로 나가서 강해를 배웅했다. 지오의 자동차가 있는 곳까지 가서 강해는 손을 내밀었다.

"준수야, 고맙다. 벼리도 길 안내해 줘서 고마워. 벼리 네 덕분에 무사히 나왔어."

그러자 지오가 벼리의 어깨를 툭 치더니 왈칵 끌어안았다.

"해를 구해줘서 고마워."

버리가 순식간에 커다란 통 속에 빨려 들어가듯 지오의 가슴팍에 안겼다. 숨이 막히는 듯했지만 싫지 않았다. 강해가 준수에게 말했다.

"유나, 새미한테도 고맙다고 전해 줘. 조만간 다시 만나자. 내가 연락할게."

강해는 자동차에 올랐다. 버리와 준수는 멀어져 가는 차를 향해 손을 흔들었다. 강해도 차창으로 손을 내밀어 흔들었다. 지오는 버리가 가르쳐 준 길을 따라 운전해서 광성보 외곽 길을 빠져나갈 수 있었다. 자동차는 강화도 남단 도로를 달려 잠시 후 초지대교를 건넜다.

강해는 남궁석의 노트를 꺼냈다. 노트의 맨 뒷장을 펼치니 전화번호가 적혀 있었다. 원래 남궁석이 적어 놓은 번호인지, 아니면 나중에 박기태가 적은 것인지는 알 수 없다. 남궁석의 작품 노트를 찾았을 때, 강해는 노트 뒷장에 적힌 이 번호를 보고 전화를 해 보았다. 전화를 받은 사람에게 남궁석을 아냐고 물었더니 그는 같이 밴드를 했던 사람이라고 하면서 무슨 일이냐고 따져 물었다. 그때 강해는 자신을 밝히지 않고 끊어 버렸었다. 전화를 받은 인물은 분명 왕경우일 것이다. 삼인조 밴드였으므로, 박기태가 아니라면 왕경우밖엔 없었다.

강해는 왕경우를 한시라도 빨리 만나고 싶었다. 남궁석에 대해서도 듣고 싶었고 그의 노트를 어떻게 처리할지도 의논할 생각이다. 자동차가 강화도를 벗어나자 강해는 지오에게서 휴대 전화를 빌려 왕경우에게 전화를 걸었다. 왕경우가 전화를 받았다. 자신이 강해라고 밝히고 만나자고 했더니 그도 당장 보고 싶다고 했다. 그는 석모도에서 배를 타고 들어가는 섬돌모루에 살고 있다고 했다. 그 말을 듣자 박기태가 섬돌모루에 갔던 날의 의문이 그제야 풀렸다. 박기태는 섬돌모루에서 왕경우를 만났던 것이다.

"지오야, 다시 강화도로 가야겠어."

왕경우와 통화를 마친 강해가 운전하는 지오에게 말했다.

"강화도에 다시 들어간다고? 그 사람, 지금 꼭 만나야 해?"

"응. 아무래도 회사에 가기 전에 이 사람을 먼저 만나야겠어. 석모도 나루터로 가 줘."

지오가 걱정스러운 표정을 지으며 자동차를 돌렸다. 왕경우는 곧장 보트를 타고 석모도로 나오겠다고 했다. 자동차는 초지대교를 다시 건너 강화도에 들어가서 석모대교 방향으로 달렸다.

강해는 남궁석의 작품 노트를 왕경우에게 넘길 생각이었다. 지난번 별장에서 왕경우는 남궁석의 작품으로 유작 발표회를 열어 주자고 박기태에게 말했었다. 그는 남궁석의 음악을 세상에 알리고 싶다고 말했었다. 왕경우를 믿을 수 있을지 아직 알 수는 없지만 왠지 왕경우에게는 노트를 맡겨도 괜찮겠다는 생각이 들었다. 일단 그를 만나서 얘기해 보고 판단하기로 했다.

또 강해는 자신의 곡의 진짜 작곡가는 남궁석이라는 얘기를 소속사에 하기로 결심했다. 그럴 경우 회사에서 노트를 요구할 수도 있고, 자칫하다가는 박기태의 농단에 노트를 도로 뺏길지도 몰랐다. 아무래도 노트를 왕경우에게 먼저 맡겨 놓고 회사에 얘기하는 것이 좋을 듯했다. 강해는 왕경우와 얘기가 잘 됐으면 좋겠다는 생각이 들었다. 남궁석의 작품을 어떻게 세상에 알릴지를 강해의 소속사와 왕경우가 함께 의논해도 좋을 것이다.

　한편 준수와 벼리는 강해와 헤어진 다음 광성보 앞으로 갔다. 새미와 유나가 안해루 앞에 앉아 있었다. 준수가 다가오는 줄도 모르고 두 사람은 주차장을 뚫어지게 쳐다보았다. 준수가 가까이 가서 말을 걸었다.

　"박기태 실장은 아직 안 갔어?"

　"차 안에 있어. 저기 검은색 차 보이지?"

　새미가 주차장 바깥쪽에 세워 둔 승용차를 가리켰다. 차 안에서 박기태가 전화를 하고 있었다. 그는 전화하면서도 주위를 두리번거리며 지나가는 사람들을 살폈다. 아마도 지오와 강해를 찾고 있겠지. 유나는 지나가는 사람이 혹시라도 들을까 봐 소리를 낮추고 준수에게 물었다.

　"강해 오빠는 잘 갔어?"

　준수가 고개를 끄덕이자 새미도 물었다.

"헥사 오빠도 잘 만났고?"

"그래, 강해 형이 너희한테도 고맙다고 전해 달래."

"도데카 오빠한테 인사도 제대로 못 하고. 아이참, 헥사 오빠도 볼 수 있을 줄 알았는데 못 봤네."

새미는 못내 아쉬워했다. 헥사 지오를 만나 볼 수 없었던 것도 안타까웠다. 아쉽기는 유나도 마찬가지였다.

"그러게. 강해 오빠 이제 못 볼 텐데. 휴우, 마지막인 줄 알았으면 아까 인사라도 제대로 할걸."

유나는 힘없이 말했다. 강해에게 작별 인사도 제대로 못 하고 헤어진 것이 너무 아쉬웠다. 생각 같아서는 당장 광성보 안에 들어가 보고 싶었으나 참았다. 박기태의 움직임을 강해에게 알려 주는 것이 더 중요했던 것이다. 강해의 안전을 위해서 잠시라도 한눈을 팔 수가 없었다.

"강해 형이 나시 보자고 밀했어. 조민긴 연락히겠대."

준수가 말했다. 그러자 유나가 반색하며 되물었다.

"정말 강해 오빠가 연락하겠대? 우리한테?"

"그래, 꼭 연락한댔어. 내 전화번호 아니까 연락할 거야."

유나의 얼굴에 웃음꽃이 피어났다. 새미는 펄쩍 뛰며 기뻐했다.

"와아, 도데카 오빠가 연락한대. 정말이지?"

유나가 주의를 주자 새미는 목소리를 낮추었다. 유나는 기도하듯 두 손을 모으고 간절하게 말했다.

"정말 강해 오빠를 다시 볼 수 있으면 좋겠다."

모두들 강해의 무사귀환과 함께 강해를 다시 볼 수 있기를 바랐다. 안해루 앞을 내려오며 주차장 옆을 지나쳐 갔다. 유나가 힐끗 쳐다보니 박기태의 승용차는 여전히 그 자리에 있었다. 유나가 입을 비죽댔다.

"칫, 저렇게 계속 있어 봐야 소용없을 텐데. 강해 오빠는 벌써 나갔거든요."

유나가 의기양양한 표정을 지었다. 그러자 모두들 키득거리며 박기태를 힐끔 쳐다보았다. 광성보 앞 로터리를 벗어나자 유나가 뒤를 돌아보며 말했다.

"저렇게 딱 버티고 있으니. 휴우, 벼리 네가 길 안내 안 했으면 강해 오빠 정말 저 사람한테 들켰겠어."

"그러면 도데카 오빠가 또 감금되고 사라지나?"

"얘는 무슨 말을 그렇게 하니? 말도 안 돼."

유나가 새미를 흘겨보았다. 준수가 주먹을 불끈 쥐며 말했다.

"그땐 우리가 또 나서야지."

"맞아, 우리가 도데카 오빠 구하면 돼. 벼리가 또 문을 열면 되잖아."

"그래, 벼리는 무슨 암호든지 다 열 수 있을 거야."

유나가 말하며 벼리를 향해 웃음을 지었다. 모두들 고개를 끄덕이며 벼리를 보았다. 벼리도 활짝 웃었다. 네 친구는 버스 정류장을 향해 걸었다.

실종 닷새 만에 폴리헤드런의 리더 도데카 강해가 팬들에게 돌아왔다. 강해는 SNS에 다시 글을 올리기 시작했다. 사진도 실어자신이 무탈함을 알렸다. 강해의 실종은 며칠간의 해프닝 정도로세상에 알려졌다. 팬들도 강해에게는 별일이 없었고 엉터리 소문이 났던 것으로 받아들였다. 모두들 강해가 어딘가에서 잠시 휴식을 취하다가 온 줄 알았다.

강해의 노래는 십오 년 전 사망한 천재 음악가 남궁석이 작곡한 곡이라고 바로잡혔다. 그래도 소속사에서는 박기태를 편곡자로 실어 주었다. 그리고 남궁석의 작품 노트에 있는 곡 중에서 몇곡을 더 노래로 만들기로 했다. 박기태는 염치가 없어서인지 잠시잠적하기도 했으나, 왕경우가 설득해서 남궁석의 작품들을 세상에 발표하는 데 함께 애쓰기로 했다. 9월 7일, 돌아오는 남궁석의 40주년 생일을 맞아 기획사에서는 기념 공연도 계획하고 있었다.

보름 전에 일어났던 사건의 전모는 이랬다. 박기태는 요트를 타고 이번에 새로 리조트를 분양받은 섬돌모루에 갔다가 그곳에서왕경우를 우연히 만났다. 십여 년 만에 만난 고인돌 밴드의 옛 동료 왕경우는 마치 벼르고 있었다는 듯 남궁석의 노트와 곡 사용에대해 추궁했다. 한참 말다툼 끝에 화가 난 박기태는 왕경우에게 달려들어 그를 바다에 빠뜨렸다. 박기태는 급히 달아나다가 요트가 좌초되어 돌섬으로 헤엄쳐 갔다. 그러고는 아이들이 돌섬에 타고 온 줄배를 타고 가 버린 것이다. 왕경우를 만나 경황이 없던 박기태는 아이들의 안전은 안중에도 없었다. 한편 왕경우는 바다에서 헤엄쳐 나왔다가 박기태의 요트가 침몰한 것을 보았고, 박기태가 걱정되어 찾으러 나섰다. 보트를 타고 주변 바다를 돌던 왕경우는 돌섬에 갇힌 아이들을 발견해서 구조했던 것이다.

시간이 지나서 7월이 되자 강해의 실종 사건은 잠잠해졌다. 네 아이들도 기말고사로 정신없이 시간을 보냈다. 그동안 아이들은 오두리 별장에서 강해를 다시 만났다. 강해의 생일 파티에 초대받아서 맛있는 음식을 대접받고 폴리헤드런 굿즈도 푸짐하게 받았다. 그날 헥사 지오가 랩을 부를 때 벼리는 비트박스 실력을 한껏 뽐내기도 했다.

기말고사가 끝나고 여름방학을 기다리고 있을 무렵, 강해의 SNS에 다음과 같은 소식이 나왔다.

폴리헤드런 팬 여러분, 8월에 팬클럽 수련회를 강화청소년수련원에서 하려고 해요. 2박 3일인데, 사흘간의 날짜를 각각 제곱하여 더하면 365가 돼요. 마지막 날에 폴리헤드런 공연이 있답니다. 팬 여러분, 그날 우리 만나요—.

폴리헤드런 공식 팬카페에 올라온 팬클럽 수련회 공지를 본 유나는 슬며시 미소를 지으며 펜을 잡았다. 얼마 전 강해를 다시 만났을 때 선물로 받은 다면체가 달린 펜이다. 지난번 사건 이후, 유나는 수학에 급격히 흥미를 느끼기 시작했다. 비록 새미나 준수, 벼리만큼은 아니더라도, 수학을 조금만 알면 강해 오빠의 팬 활동이 훨씬 더 재미있다는 생각이 들었던 것이다. 유나는 강해의 SNS에 수학 문제가 올라오면, 새미보다도 먼저 풀어서 종종 새미를 놀라게 하기도 했다.

수련회 날짜를 각각 x, $x+1$, $x+2$라고 하면,

$x^2+(x+1)^2+(x+2)^2 = 365$

$x^2+(x^2+2x+1)+(x^2+4x+4) = 365$

$3x^2+6x-360 = 0$

$x^2+2x-120 = 0$

$(x+12)(x-10) = 0$

$\therefore x = 10$

따라서 수련회 첫날은 8월 10일이다. 폴리헤드런 팬클럽 수련회는 8월 10일, 11일, 12일 사흘간 열린다. 유나는 강해 오빠를 또 만날 생각을 하며 펜을 놓았다.

번지 점프를 하다

이번에 내 생일을 맞아 번지 점프를 했어. 까마득히 높은 점프대에 올라서니 다리가 후들거리고 아찔했지. 두려움에 잠시 주저하긴 했지만 눈 딱 감고 뛰어내렸어. 비록 4초밖에 안 되는 짧은 시간이었지만 정말 짜릿했어. 떨어지는 속도가 시간이 갈수록 점점 빨라졌지. 시간을 x(초), 속도를 y(m/s)라고 했을 때 아래의 표와 같았어.

x(초)	0	1	2	3	4
y(m/s)	0	9.8	19.6	29.4	39.2

표를 보면 시간 x의 값에 따라 속도 y의 값이 정해지는 것을 알 수 있어. 그리고 시간이 지남에 따라 속도가 일정한 비율로 빨라지지. x값이 1배, 2배, 3배…가 됨에 따라 y의 값도 9.8의 1배, 2배, 3배…가 됨을 알 수 있어. x값에 따라 y의 값이 정비례하여 증가하고 있어. 다음의 좌표 평면에 x, y의 값을 나타냈는데, 좌표 값을 연결하면 그래프의 모양이 직선이 되는 것을 알 수 있어. x, y 사이의 관계를 식으로 나타내면 다음과 같아.

$y = 9.8x$

이와 같이 변하는 두 값 (변수) x, y에 대하여, 변수 x의 값이 정해짐에 따라 다른 변수 y의 값도 정해질 때 y를 x의 함수라고 정의해. 기호로 $y = f(x)$와 같이 나타내는데, f는 함수를 영어로 function이라고 하는 것에서 따왔어. 함수를

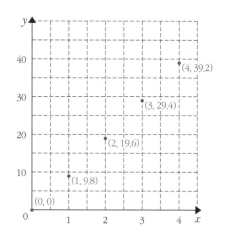

수학적 용어로 처음 사용한 사람은 독일의 수학자 라이프니츠였고, 스위스의 수학자 오일러가 함수를 나타내는 기호 $f(x)$를 사용했어.

위의 함수식을 이용하면 5초 후의 낙하 속도가 얼마나 될지도 알 수 있겠지? x의 값에 5를 대입하면 y의 값을 구할 수 있으니까.

$$y = 9.8 \times 5 = 49(\text{m/s})$$

초속 49m라는 속도가 얼마나 빠른지 실감이 나지 않는다고? 초속을 아래와 같이 시속으로 바꾸면 속도가 엄청나게 빠르다는 것을 알 수 있지.

$$49 \times \frac{1}{1000}(\text{km}) \times 3600(\text{h}) = 176.4(\text{km/h})$$

5초 후에는 시속 176km이 되거든. 번지 점프를 했을 때 얼마나 빨리 떨어지는지 이제 알 것 같지? 어휴, 정말 숨이 막힐 듯했다니까.

이와 같이 물체가 높은 곳에서 떨어지는 낙하 운동은 시간과 속도가 함수 관계가 있어. 떨어지는 물체는 중력 때문에 가속되어 속도가 점점 커지게 돼. 이것을 중력 가속도라고 하며 g로 나타내는데, 지구에서의 중력 가속도는 $9.8m/s^2$의 값이야. 이렇게 가속도가 일정하게 유지되는 물체의 운동을 등가속도 운동이라고 해. 번지 점프가 등가속도 운동의 대표적인 예야.

낙하하는 모든 물체가 등가속도 운동을 한다는 법칙은 이탈리아의 갈릴레오 갈릴레이가 밝혔어. 여기에서 잠깐 중요한 사실 하나! 낙하 법칙은 물체의 무게와는 전혀 관계가 없다는 거야. 물체를 높은 곳에서 떨어뜨리면 무게가 무겁거나 가볍거나 상관없이 똑같이 떨어지게 되거든. 물론 공기의 저항이 없을 경우이긴 하지만. 함수식 $y = 9.8x$를 보아도 시간과 속도만 다루고 무게는 전혀 고려하지 않음을 알 수 있어.

이차 함수와 그래프

자, 이번에는 번지 점프를 했을 때 낙하한 거리를 구해 볼까? 시간이 지남에 따라 낙하 거리가 점점 크겠지. 시간을 x(초), 낙하 거리를 y(m)라 하고 표를 만들었어.

x(초)	0	1	2	3	4
y(m)	0	4.9	19.6	44.1	78.4

낙하 물체의 등가속도 운동을 발견한 갈릴레이는 시간과 낙하 거리와의 관계를 $s = \dfrac{1}{2}gt^2$(중력 가속도 $g = 9.8m/s^2$, 시간 t, 낙하 거리 s)라고 밝혔어. 즉 $s = 4.9t^2$이 돼. 이차 함수인 것을 알 수 있지? 이때 시간을 x(초), 낙하 거리를 y(m)라고 하면 x와 y의 값이 앞의 표와 같아. 그래서 다음과 같은 이차 함수가 돼.

$$y = 4.9x^2$$

이렇게 물체의 낙하 거리는 시간의 제곱에 비례한다는 것을 알 수 있어. 번지 점프를 했을 때 4초 동안 낙하한 거리는 약 80m가 되었어. 만약 번지 점프를 하는 사람이 5초 동안 떨어졌다면 낙하 거리는 얼마나 되는지 알 수 있지?

$$y = 4.9 \times 5^2 = 122.5(m)$$

갈릴레이는 약 400년 전 피사의 사탑에서 낙하 실험을 했다고 알려져 있어. 이 실험에서 낙하 법칙을 발견했다고 하는데, 갈릴레이가 실제로 이런 실험을 했는지는 확실치 않다고 해. 그래도 만약 피사의 사탑에서 낙하 실험을 했다면 어떤 결과가 나왔을지는 궁금해. 그래서 계산을 한번 해 봤어. 피사의 사탑이 55m라면 물체가 땅에 떨어지는 데 걸리는 시간은 얼마나 될까?

$$55 = 4.9 \times x^2$$

$$x^2 = 11.224489\cdots \quad \therefore \ x \fallingdotseq 3.35$$

따라서 물체는 약 3.35초 후에 땅에 떨어지게 돼.

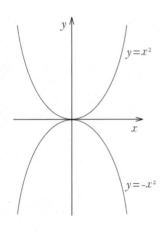

이차 함수의 그래프는 어떤 모양일까? 앞에서 일차 함수의 그래프는 직선 모양이라고 했어. 일반적으로 이차 함수 $y = ax^2$의 그래프는 포물선 모양이야. a>0이면 아래로 볼록, a<0이면 위로 볼록한 모양이 돼. 또 a의 절댓값이 클수록 포물선의 폭이 좁아지지.

이렇게 함수를 그래프로 나타낼 수 있게 된 것은 17세기 데카르트가 좌표 평면을 만든 덕분이야. 데카르트는 "나는 생각한다. 그러므로 존재한다."라는 명제를 남긴 근대 철학의 아버지이자 당시 프랑스의 가장 뛰어난 수학자였어. 데카르트는 침대에 누워 명상을 하다가 여러 이론을 발견한 것으로 유명한데, 좌표 평면도 역시 침대에 누워 천장에서 이리저리 움직이는 파리 한 마리를 보고 생각해 냈대. 움직이는 파리의 위치를 표시하는 방법을 찾으려다 바둑판 모양의 좌표 평면을 생각해 내고 위치를 좌표로 나타냈어.

데카르트의 좌표 평면은 수학사에서 획기적인 전환이 되었어. 데카르트의 좌표 평면 덕분에 방정식, 함수 같은 대수식을 기하학적 그래프로 그릴 수 있게 되었거든. 뿐만 아니라 포물선, 원 같은 기하학적 도형을 대수식으로도 나타낼 수 있게 되었어. 수학에서 서로 다른 영역이던 '대수'와 '기하'를 통합해 연구할 수 있게 되었지.

이제 '도데카헤드런의 수학 이야기'를 마치려고 해. 아무래도 수학이라서 지겹고 재미없었을 텐데도 이야기를 끝까지 들어줘서 고마워. 내가 들려준 이야기는 대수학의 기초가 되는 방정식과 함수에 대한 내용이었어. 사실 수학 공식은 대부분 방정식이야. 그러니 방정식이 얼마나 중요하고 쓰임새가 많겠어. 내가 이번에 기본적인 것부터 차근차근 쉽게 설명했으니까 그렇게 어렵지는 않았을 거야. 그래도 어렵고 재미없다면 굳이 다 읽지 않아도 돼. 읽기 싫은 부분은 건너뛰어도 좋고 나중에 다시 읽어도 좋아. 여러분이 내 이야기를 통해 방정식을 잘 이해하게 되길 바랄게. 그래서 수학과 좀 더 친해질 수 있었으면 좋겠어.

화창한 날이면 종종 강화도에 갔다. 진달래꽃으로 덮이는 고려산에 오르기도 하고 참성단을 보러 마니산에도 올랐다. 낙조대에서 바다를 바라보고 내려오면 거대한 고인돌이 반겼다. 때때로 해안도로를 따라 돌며 돈대의 보루에 오르면 강 건너 북녘 땅이 손에 잡힐 듯 가깝게 보였다.

경치가 아름다운 강화도는 우리 민족이 일찍이 터전을 잡고 살았던 땅으로 역사 유적이 많다. 고려 궁궐터와 외규장각이 복원되어 있고, 외세로부터 많은 침략을 겪은 까닭에 섬 곳곳에 항쟁의 역사가 남아 있어 돌아볼 곳도 많다. 강화도를 찾을 때마다 늘 새로운 것을 보고 배우게 된다. 그런 배움과 감동이 책을 쓰게 된 원

동력이 되었으리라. 이 책의 주인공도 강화에 사는 청소년들이다. 아이돌 그룹과 수학을 좋아하는 주인공들이 방정식 문제를 풀고 사라진 아이돌 스타를 찾아간다.

이 책은 소설 형식으로 쓴 수학책이다. 수학책은 어떤 형식으로 쓰더라도 쉽게 읽히지 않는 것 같다. 추상적인 문자와 기호를 사용한 수식을 보면 왠지 거부감이 드는 듯하다. 그래도 청소년들이 좀 더 재미있게 읽고 수학과 친해졌으면 하는 바람으로 이야기를 써보았다. 이야기를 술술 읽다 보면 수학도 슬쩍 이해하게 되지 않을까. 책의 제목 『해를 구하라!』에도 그런 뜻을 담았다. 아이돌 스타 '해'를 구하는 이야기에 방정식의 '해'를 구하라는 의미가 함께 들어 있는 것이다.

문자와 기호를 사용한 방정식은 대수학의 기초가 되며 중학교에서 처음 배운다. 일차 방정식부터 시작해 연립 방정식, 이차 방정식을 익힌 다음 학년이 올라가며 함수와 기하, 미적분 같은 어려운 내용과도 관련지어 배운다. 입시를 치를 때까지 많은 유형의 복잡한 방정식을 공부하고 난이도 또한 점점 높아진다. 그래서 방정식을 처음 배울 때 개념을 잘 이해하고 문제 해결력을 키우는 것이 중요하다.

방정식을 배우는 이유는, 방정식이 수학의 중요한 기초가 되며 쓰임새가 많기 때문이다. 수학 공식은 대부분 방정식이다. 연산이나 도형의 넓이를 구하는 초보적인 공식에서부터 피타고라스의 정리, 근의 공식, 미적분과 확률 공식도 모두 방정식으로 나타낸다. 또한 많은 과학 법칙과 공식 또한 간결하고 정교한 방정식으로 표현된다. 뿐만 아니라 우리가 일상생활에서 접하는 날씨, 금융, 게임, 내비게이션 등에도 방정식이 활용되고 있다. 이처럼 방정식이 광범위하게 쓰이고 있지만 어려운 문제 풀이로만 생각되는 것이 안타깝다. 이 책이 방정식을 이해하는 데 도움이 되었으면 한다.

수학을 어려워하며 스스로 '수학 포기자'라고 말하는 사람들은 x, y 같은 미지수 문자와 기호를 보면 괜히 움츠러들게 된다고 한다. 연산을 잘하고 초등 수학에 뛰어났던 사람도 미지수의 값을 구하는 방정식이 어렵게 느껴져서 차츰 수학을 멀리하게 되었다고도 한다. 사실 문자와 기호를 사용하는 것은 수학을 간결하고 편리하게 나타내기 위해서다. 또 그것을 통해 추상 학문으로서 수학의 본질과 아름다움도 느낄 수 있다. 청소년들이 이 책을 읽고 수학과 좀 더 친해지게 되었으면 좋겠다. 흥미로운 아이디어와 조언으로 원고를 마칠 수 있도록 힘을 주고, 원고를 꼼꼼히 살펴 책을 만드느라 애쓴 창비 청소년출판부에 감사 인사를 드린다.

2018년 5월
안소정